KiWi 391

Über das Buch
Wieder ist Kommissar Schneider unterwegs, und der neueste
Fall stellt sich für ihn noch schwieriger dar als der letzte. Das
muß man sich mal vorstellen! Und grausamer ist dieser Fall
auch, denn es handelt sich nicht nur um einen Allgemeinmör-
der, sondern um eine ganze Sekte, anscheinend, oder sind gar
Tiere zum Mord erzogen? Ein Huhn tötet! Es ist unglaublich,
aber in wessen Auftrag? Der Kommissar weiß manchmal nicht
ein noch aus, denn zu dem kniffeligen Fall stoßen auch private
Komplikationen. Dies gehört aber nicht in das Buch – denkt
man.

Der Autor
Helge Schneider, geboren 1955 in Mülheim/Ruhr. Bauzeich-
ner, Verkäufer, Straßenfeger usw. Studium am Duisburger
Konservatorium (Pianist), Jazzmusiker, Landschaftsgärtner,
seit 1977 Berufsmusiker mit Bröselmaschine, Art of Swing,
Schneider-Weiss-Duo etc., Filmmusik, ab 1988 eigene Schall-
platten: »Seine größten Erfolge«, »New York I'm coming«,
»The last Jazz«, »Hörspiele«, 1993 der Film »Texas«, 1994 »00
Schneider – Jagd auf Nihil Baxter«.

Weitere Titel bei k & w
»Guten Tach. Auf Wiedersehn«, KiWi 279, 1992. »Zieh dich
aus, du alte Hippe«, KiWi 355, 1994.

Helge Schneider

Das scharlachrote Kampfhuhn

Kommissar Schneiders letzter Fall

Mit 11 mit Kuli gezeichneten
Zeichnungen

Kiepenheuer & Witsch

1. Auflage 1995

© 1995 by Verlag Kiepenheuer & Witsch, Köln
Alle Rechte vorbehalten. Kein Teil des Werkes darf in irgendeiner
Form (durch Fotografie, Mikrofilm oder ein anderes Verfahren)
ohne schriftliche Genehmigung des Verlages reproduziert
oder unter Verwendung elektronischer Systeme verarbeitet,
vervielfältigt oder verbreitet werden.
Umschlaggestaltung Manfred Schulz
Umschlagfoto Selbstauslöser
Satz Jung Satzcentrum GmbH, Lahnau
Druck und Bindearbeiten Clausen & Bosse, Leck
ISBN 3-462-02472-8

Der Mann ging geradezu auf den vergitterten Verschlag zu, in dem der verdammte Köter sein Dasein fristete. Fletschende Zähne umringten den grauenhaften Mund des Tieres, der sich aber zunächst zurückhielt. Wahrscheinlich ahnte es von der Heimtücke des Menschen, der sollte mal sehen, wo er bleibt. Eine schwere Taschenlampe warf einen kantigen Lichtkegel in die Nacht, keuchend schleppte sich der Mann immer näher zu dem Zwinger, eine Hand tropfte schon von Blut. Leichter Rinnsal. Er trug einen dicken, für diese Jahreszeit wohl etwas zu weiten Mantel über einer voll an den unteren Enden abgeschnittenen Lederjacke. Dieser Mann hier wollte keinen Babsyquatsch machen, er war dazu da, um jemanden richtig kaputtzuzerfleischen. Ein Besessener, der mit seinen krummen Zähnen in die Luft leckte, er ging schnell. Steif ragte sein Hals aus dem zerschlissenen Hemd. Es war einer dieser nie enden wollenden Spaziergänge, von denen es so viele gibt.

Noch zwanzig Meter trennten ihn von der zusammengekauerten Bestie, die heute mittag nichts zu essen bekommen hatte. Ihr Napf war leer. Daher die Wut auch, mit der Das Tier den Angreifer in die Kehle biß. Es verhedderte sich regelrecht darin, der Mann schrie, daß die ganze Gegend wach wurde. Lichter gingen auch im Haus an, wo der Besitzer des Hundes wohnte. Doch der Hund biß zwar in die fragwürdige Person, die keine Lust hatte, sich mit dem Tier zu unterhalten. Ein paar Hühner flatterten aufgeregt im Wind, als dem überfallenen Hund der Geduldsfaden riß und er dem unbekannten Mann schön einen ganzen Arm abbiß, dann macht er sich über die Eingeweide her. Der Mann grinste ungläubig in die versteckte Kamera, die wie zufällig hinter einem Vogelhaus aufgestellt war und Einbrecher aufnimmt. Es war sein letztes Grinsen, da schlossen sich für ihn für immer die Augen, der Hund kaute genüßlich sich zum Herzen hoch. Nach getanem Schmaus ruhte er.

Als man am nächsten Morgen den Käfig und den Hund fand, bewegte sich kein Stück mehr von dem Mann. Er war halb aufgegessen. Aber was wollte man da noch machen.

Dem Kommissar Schneider schmeckte das Essen gut, das er zusammen mit seiner Frau in dem bekannten Lokal einnahm. Der Koch hatte es sogar empfohlen. Es hieß »Gutes, leckeres Geesse«, eine japanische Speise mit Morcheln und Bambus, dazu gab es heiteren Familiensüß-Pudding in zwiefacher Ausführung, zubereitet von Könnerhand. Die Frau Kommissar stand auf einmal auf. »Ich muß auf Klo, Schatz!« Sie ging weg und ließ den Kommissar allein an seinen Lukullitäten zurück. Der genehmigte sich ein ordentliches Stück Essenskultur zwischen die Zähne. Vergnügt labberte er an einem gegorenen Stückchen Hühnerbein mit herabhängender Augenbraue. Als er so dasaß, begann in ihm eine Idee. Er wollte seine Frau, wenn sie wiederkommt, mit einer Grimasse überraschen, die er sich in seinem Büro ausgedacht hatte. Er hatte am Nachmittag in seinem Büro gehockt und mal wieder Fratzen gezogen. Sein neuer Assistent mußte ihm einen Spiegel hinhalten, damit er sich sehen konnte. Dabei gelang ihm eine ungeheuerliche Grimasse, die man kaum beschreiben kann. So etwa wie ein kalbender Neunender sah der Kommissar aus, die Mundwinkel zu einem frechen Zwickel geformt, der an den äußeren Spalten gekrümmt war. Dazu rollte er wie eine Fusselrolle mit der Stirn. Jugendlicher Charme sprang aus seinen Pupillen. Er fand sich gutaussehend und wollte, wie gesagt, seiner Frau damit heute eine kleine Freude bereiten. Doch wann kam sie denn endlich zurück aus dem Klo? Der Kommissar dachte über den neuen Fall nach. Bei dem neu zugezogenen Bauern hatte man morgens eine halbe Leiche gefunden, die wohl teilweise von dem Wachhund aufgegessen worden war. Der Hund kaute noch an einem Knochen, als die Polizei eintraf, an ihrer Spitze Kommissar Schneider, noch ungewaschen, aber dafür leicht gebräunt von seinem letzten Fall – ihn hatte es ja auf eine Insel verschlagen.

»Hat jemand den Toten letzte Nacht gesehen?« Seine Frage war unbeantwortet in der Runde der Polizeifachmänner geblieben. Der Spurensicherungsdienst hatte alle Hände voll zu tun, eine Aufgabe für ganze Männer. Es galt zum Beispiel, eine abgenuckelte Hand dem blöden Köter zu entreißen, was aber zu schwierig war, da gab man dem Tier lieber das Indiz zu essen. »Wau, Wau, Wau!« machte der Hund, als die Beamten die Beine des Einbrechers, denn es mußte sich um einen Einbrecher handeln, weil er ja auf der Überwachungskamera festgehalten wurde, aus dem Verschlag zogen. Der Unglückliche hatte wohl mit einer Gartenschere den Maschendraht, der ihn von der tobenden Bestie trennte, selbst zerschnitten, um in das Reich des brutalen Tieres zu gelangen. Ein kleiner Junge kam angelaufen, auf ihn hörte der Hund. »Hasso!«, da kam er an. Der Junge nahm ihn an eine Leine und ging mit ihm spazieren. Quer durch das Kornfeld zog der Hund ihn. Die Polizei sah das nicht gerne, wie schnell ist ein Zeuge weg, auch wenn es sich nur um ein Tier handelt. Kommissar Schneider untersuchte den Boden, auf dem der Kampf stattgefunden hatte, mit den losen Fingern. Aber hatte denn überhaupt ein Kampf stattgefunden? Möglicherweise beging hier jemand so eine Art Selbstmord.

Egal. Wo war denn bloß seine Frau? Na ja, die brauchen eben immer lange, wegen Schminke und Unterarmspray und so. Der Kommissar war es gewohnt. Ah! Da ging die Tür zur Damentoilette auf. Frau Schneider kam aufgeregt heraus. Sie fuchtelte mit ihrem Kulturtäschchen vor sich her. »Die Toiletten hier sind nicht sauber! Das ist unmöglich!« Der Kommissar ist sofort erbost. »Aber auf der Karte steht: Feine Küche!« »Ja, das ist aber nur die Küche! Die Toiletten sind nicht gut!« – »Wir gehen!« Der Kommissar ist total sauer. – Er holt lange aus und haut dem Kellner mit der flachen Hand ins Gesicht. Es klatscht, der Kellner hat sofort eine tiefrote Backe. Ein Gast, der das nicht gutfindet, wird vom Kommissar auch mißhandelt, indem er mit dem Gesicht in sein Essen gedrückt wird, danach drückt Kommissar Schneider ihm seine Zigarre im Nacken aus, es zischt. Mit geschultem Blick sieht sich der Kommissar erst mal um, dann nimmt er das Schmiermesser des Mannes und schneidet ihm, weil keiner guckt, die Zungenspitze mit einem verzückten Mundwinkel ab. Und noch ein bißchen Sauerkraut in die Ohren gesteckt, dabei in Windeseile Senf auf die offene Zungenwunde geschmiert mit dem kleinen Kuchenlöffelchen, haha! Ja! So kennt man ihn, so kennt man Kommissar Schneider! Schnell verläßt das Gespann Kommissar/Frau das nach feinem Fraß stinkende und unablässig in allen Zeitungen werbende Restaurant. Ein Restaurant der Klasse A. Doch die Klos sind nicht so, das geht nicht.

»Überlaß den Fall doch mal jemand anders!« Das unablässige Pong des kleinen weißen Balles auf die Platte macht den Kommissar nervös. Und dann noch so dumme Fragen. »Ist ja schon gut, ich hab' keine Lust mehr!« Sie knallt den Tischtennisschläger auf die Platte und macht einen Striemen darauf. Der Kommissar wendet sich ab und tut den Ball in die kleine Pappschachtel, die auf dem Regal steht. Eine Spinne webt ihr Netz. Sie haben den Schuppen, der direkt an das Haus angebaut ist, neulich ausgeräumt, um die Tischtennisplatte endlich aufzustellen. Der Kommissar spielt mit Vorliebe Ping-Pong. Jedoch besteht er auf einem richtigen Gegner, so ist er immer unzufrieden, weil seine Frau noch nicht so gut kann. »Ein Japaner! Hier müßte mal ein Japaner hinkommen, Ursula.« »Das stimmt, ein Japaner kann dich besiegen, Helge. Eine gute Idee. Ich mach uns eine Tasse Kaffee!« – »Nein! Ich muß weg! Ich trinke sowieso lieber im Büro Kaffee!« Mit diesen Worten streift sich der Kommissar seine Tischtenniskappe ab und nimmt seine Kommissarsmütze aus dem Metallspind. Er hat seit einiger Zeit eine neue, die alte ist von einem Hund zerfetzt worden, als der Kommissar auf dem Kinderspielplatz war. »Denk daran, daß du nachher einen Schal brauchst, es soll heute Minusgrade geben!« Die Frau steht im Türrahmen und winkt. Da klatscht ihr eine volle Ladung Regenwasser aus der Pfütze über die helle Hose. Der bräunliche Sportwagen mit den überbreiten Reifen schleudert auch Dreck hinterher, als sich mit Getöse die Schnauze in den Asphalt legt und eine langgezogene Kurve vor dem Haus beschreibt. Auspuffe kratzen und schmirgeln den Bordstein, Kerosingeruch durchdringt die Atmosphäre. Der Kommissar hat einen neuen Wagen gekauft. Und noch am gleichen Tag bezahlt. Eigentlich hatten er und seine Frau lange auf eine neue Couchgarnitur gespart. Egal.

Der Kommissar Schneider sitzt in seinem Büro und trinkt Kaffee. Ein Fernsehschirm mit einem bräunlichen Augenschutz kauert neben dem Aktenschrank, der anstatt mit Akten bis zum Anschlag vollgestopft ist mit Papierunterhosen und Gummihandschuhen. Der Kommissar braucht das Zeug, wenn er zu einer Tatortbesichtigung geht. Manchmal ist diese Arbeit so widerlich, daß kein anderer so was machen könnte, nur Kommissar Schneider selbst. Denn er hat Nerven aus Eisenbetonstreifen. Der Kommissar läßt das aufgezeichnete Videoband von der Überwachungskamera durchlaufen. An der Stelle, wo der Mann, der in genau diesem Moment von dem tobenden Köter zerfleischt wird, in die Kamera grinst, stoppt der Kommissar das Band, er drückt auf Pause. Spult zurück. Läßt das Grinsen noch mal laufen, Pause. Er schaut sich den Ausdruck des Mannes genauer an. Ist nicht so was wie ein verstecktes Gehäme in dem Gesicht zu spüren? Der Kommissar grübelt. Warum guckt der Mann so doof? Macht er sich etwa einen Spaß daraus, sich von einem Hund zerfetzen zu lassen, nur damit vielleicht sich jemand von der Polizei ärgert? Der Kommissar wird sauer. »Der Kerl will mich wohl verarschen!« Klack, der Apparat ist aus. Kommissar Schneider holt tief Luft. Da klopft es. Es ist Polizeihauptwachtmeisterin Monika M. Sie hat brünette lange Haare, die perfekt frisiert sind, so als ob Jaques Galais, der Weltmeister der Friseure, selbst seine Finger im Spiel gehabt hätte. Große Titten rasen aus einer viel zu engen Bluse, die auch noch so kurz ist, daß man die unteren Rundungen des Busen sehen kann. Dazu trägt sie aufwendige Pappstiefeletten aus Salamanderhals-Broschüren-Leder, gekantet und verknaupt. Eine warme, anmutige Angorastrumpfhose verpellt zwei orthodoxe Beine, hübsch anzusehen für den lechzenden Kommissar Schneider, der sofort im Gesicht rosa anläuft. Die Polizistin fingert bereits an seinem Hosenlatz herum.

Doch da! Das Telefon zerkreischt die vorfreudige Stimmung der beiden Liebespaare! Ein Anruf. Gerade jetzt. Der Kommissar wimmelt die Frau von seinem Bein und geht an den Apparat. Die Polizistin richtet ihr Haar und wühlt im Aktenschrank. »Polizei?« kläfft der Kommissar ins Telefon. Während der Kommissar anscheinend mit seiner Frau telefoniert, malt die Polizistin ein Herzchen mit Lippenstift auf eine von den vielen Papierunterhosen, die sie im Schrank findet, und verschwindet wieder, nicht ohne dem noch immer geifernden Kommissar ein Kußhändchen, wie man es im Karnevalsverein macht, zuzuwerfen.

Es ist schon Mittag, als der Kommissar hochschreckt. Er ist doch tatsächlich vor dem Standbild des Videorekorders eingeschlafen. Das Geräusch des Wasserhahnes hat ihn aufgeweckt. Wenn im Zimmer unter ihm jemand Wasser aus der Leitung abzapft, um es zum Beispiel zu trinken in den endlos lange wirkenden Sommernächten auf Streife, wird der Kommissar regelmäßig gestört in seiner Laune. Er ist nun hellwach. Ein paar Schritte tragen ihn zur breiten Treppenanlage. Gerade wird eine unbekannte Person von zwei Beamten ins Präsidium geschleppt. »Was hat er verbrochen?« Ohne die Antwort abzuwarten, tritt der Kommissar dem Räuber, denn er hat ein blau-weiß geringeltes Hemd an und um die Augen schwarze Kringel aus Schuhwichse, mit äußerster Genauigkeit mit dem Absatz in die

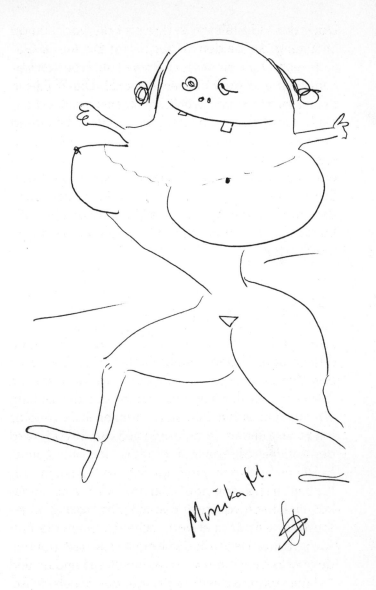

unteren Rippen. Ein kleines knackendes Geräusch deutet an, daß mehrere Rippen ab sind. Sie hängen nun schräg in der Landschaft rum. »Wer wird denn weinen!? Man sieht Ihnen ja wohl an, daß Sie ein Räuber sind, Sie Verbrecher! Und hier!« Mit diesem Ausruf fährt des Kommissars Handkante los, um dem Kerl die bleckenden Zähne zu zerkleinern. Ein paar schluckt der Mann runter, er blubbert etwas von Unschuld oder so.

Ein bißchen frische Luft tut dem Kommissar ganz gut. Er will noch einmal zum Tatort laufen, es sind ja nur 12 Kilometer, das schafft er in einer Stunde, wenn er sich sputet. Na ja, vielleicht geht er doch zurück und nimmt den Wagen. Er kommt an einem Lampengeschäft vorbei. In der Auslage sieht es gut aus. Dem Kommissar springt eine Ratte ins Gesicht, die unter dem Geschäft in einem muffigen Keller ihr Auskommen hat. Damit muß man in so einer Stadt, in der der Kommissar seinen Dienst tut, rechnen.
Nachdem sich die Ratte gekonnt vom Kragenende des Mantels hat abrollen lassen, springt sie noch einmal am Kommissar hoch, um zu beißen. Der Kommissar wartet geschickt den richtigen Moment ab, wo die Ratte fast in Schulterhöhe ist, und noch bevor die Ratte in die Unterlippe des Kommissars sich verbeißen kann, macht der Kommissar eine blitzschnelle Bewegung, so als wolle er einen Kopfball machen, und reißt mit einem die Luft zum Zittern bringenden Brüller den geöffneten Unterkiefer so

unter der Kehle der Ratte hindurch, daß sie sich in seinem weit offenen Maul an der unteren Zahnreihe verfängt, die Ratte läßt einen schrillen Piepston los, doch da klappen blitzschnell die harten zahnbewerten Kiefer des Kommissars ohne Gnade zusammen, und die Ratte ist in zwei Teile. Natürlich ißt der Kommissar die Ratte nicht. Denn das mag er nicht gerne. Er spuckt den Rattenkopf vor seine Schuhe und begibt sich in den Laden. »Bitteschön, der Herr?« Eine dünne, hohe Stimme kriecht aus dem Lampensalat. Erst sieht der Kommissar noch nicht den stolzen Besitzer solch einer tollen Fistelstimme. Er geht ein paar Schritte in das Geschäft hinein. »Hallo! Ist da keiner!?« Der Kommissar wundert sich. Da war doch gerade noch diese Stimme! »Hallo? Was wünschen Sie?!« Direkt vor dem Kommissar steht ein kleines schütteres Männchen. Mit einer sehr krausen Stirn und herabgezogenen Mundwinkeln, die Unterlippe so lang nach unten gezogen, als wolle ihr Eigner damit den Boden wischen. »Guten Tag, die Dame! Warum haben Sie so eine dicke Lippe? Spielen Sie ein Instrument?« Der Kommissar stellt sofort Fragen wie aus dem Lehrbuch für Kriminalisten. »Ich bin ein Mann! Sie Arschloch!« Beleidigt wendet sich der Lampenverkäufer ab, um in den hintersten Ecken seines beschissenen Vestibüls zu verschwinden. »Hey, Hey, Hey – doo! Paß bloß auf, dooo!« Der Kommissar wird ungemütlich. Hoffentlich tut er dem armen Kerlchen nichts an. Der Kommissar hechtet hinter dem Männchen her und faßt ihn von hinten an der Schulter, er dreht ihn zu sich. Da schauen ihn zwei merkwürdig triefende Augen an. Der Kommissar begreift sofort. Dieser Mann ist total bekifft. »Los! Los! Wo ist die Schore, du runzelig Männlein, du Spulwurm, du!?« Das Männchen antwortet überhaupt nicht, es grinst nur, und zwar so, als wäre der Kommissar an der Lage, in der sich der Wicht nun befindet, allein schuld!

Der Kommissar bemerkt plötzlich hinter dem Männchen in der etwas zurückliegenden Wand ein Loch. Er läßt den Lampenverkäufer los. »Machen Sie das nicht noch ein zweites Mal! Ja?!« Zwei, drei Ohrfeigen besänftigen den kleinen Mann im Nu. »Was ist das für ein Loch da?!« Der Kommissar zeigt auf das Loch in der Wand. »Nichts, ein Loch! Was sonst?« Ängstlich wimmelt das Männchen vor der Wand herum, so als wolle es irgend etwas verheimlichen. »Sie verheimlichen mir doch wohl nichts?!« Der Kommissar Schneider hat keine Geduld mehr, gleich wird er bestimmt wieder um sich hauen. Er guckt sich im Raum um und findet mit den Augen so etwas wie eine Art Spitzhacke hinter einem Knäul von Drähten, die wohl zu einer Lampe gehören. Entsetzt muß das Männchen mit anschauen, wie Kommissar Schneider wie ein Berserker mit dem Werkzeug in die Wand eindringt. Jetzt fehlt nicht mehr viel, und die ganze Wand ist weggekloppt! Doch was sieht der Kommissar hinter der Wand? Es führt eine Treppe in den Keller. »Warum ist hier zugemauert!? Hör mal zu, du ekelhafte Geschwulst, was ist in dem Keller!«, herrscht der Kommissar den Kerl an. »Nein! Nein! Nein! Nein! Nicht runter!« Jetzt verliert der Lampenverkäufer die Fassung und bricht zusammen. Ohnmächtig. Schnell sieht der

Kommissar das. Da kann man nichts machen. So muß der Kommissar selbst gucken, was da in dem Keller so geheimnisvoll versteckt gehalten wird. Ist es gar ein Mensch? Oder eine Art überdimensionales todbringendes Getier? Gleich wird der Kommissar mehr wissen.

Er tastet sich behutsam und ohne Krach zu machen die schmale Holzstiege runter. Es ist dunkel. Eine Welle von dumpfem, staubigem, altem Geruch schlägt ihm in den Hals, er muß hüsteln. Sein Mantelkragen schützt ihn vor weiteren Einwirkungen solcher Art. Noch ein paar Schritte, und der Kommissar ist unten. Da ist ein Lichtschalter, er findet ihn sofort. Er phosphorisiert im Kellerdunkel. Knips, das Licht erhellt einen quadratischen, fast sechs Meter hohen Raum, ca. 20 Quadratmeter groß. Hinten an der Wand steht ein Stuhl, darauf ist eine Person gefesselt. Die Person guckt den Kommissar höflich an. »Guten Tag. Was wünschen Sie?« Der Kommissar hört ungläubig diese Worte. Was soll das?! Fahrig dreht sich der Kommissar um. »Was machen Sie hier?« Schnell holt sich der Kommissar eine Zigarette aus der Manteltasche und will sie anzünden. »NEIIINN! Nicht rauchen! Sind Sie wahnsinnig?!« Der Mann auf dem Stuhl rappelt an seinen Fesseln und will nach vorne kommen, um den Kommissar am Rauchen zu hindern. »Was ist denn das!« Der Kommissar ärgert sich jetzt. Er sieht in letzter Sekunde, gerade, bevor er sich die Zigarette anmachen will, daß aus der Wand schnippisch ein Gasrohr lugt, jedoch, weder ein Absperrhahn ist zu sehen noch daß das Rohr irgendwie verschlossen wäre. Lustig strömt Gas aus dem Rohr. Seelenruhig steckt der Kommissar seine Kippe wieder weg. Er nimmt seinen Zeigefinger und den Daumen der linken Hand und drückt das Gasrohr auf diese Weise mit den Fingerspitzen zusammen, bis kein Gas mehr rausströmen kann. »Und nun erzählen Sie mir mal, wie Sie hier hereingekommen sind!« Der Gefesselte guckt beschämt auf den Fußboden. Das sieht der Kommissar nicht so gerne. Er reißt dem Mann den Stuhl mit einem gewaltigen Ruck unterm Hintern weg, obwohl die Fesseln noch dran sind. Egal, der Stuhl ist auch schon Kleinholz. Um dem Gefesselten zu zeigen, wer hier der Herr im Haus ist, zerfetzt der Kommissar ihm mit ein paar gekonnten, aufeinanderfolgenden Reiß-Zieh-Bewegungen den Anzug. Übrig von dem ganzen Kladderadatsch bleibt lediglich ein staunender, eben noch auf einem Stuhl sitzender, gefesselter Zeitgenosse. Der Kommissar überlegt, ob er noch mehr tun soll. Doch da kommt das Männchen wieder, es hat sich aus seiner Ohnmacht erholt und will nun auch irgend etwas tun. Es kommt die Treppe runter und hat zwei Schlachtermesser in der Hand. Doch rutscht er auf einer Ratte aus, die zwischen den Treppenstufen einen Essensrest suchen will. Die Ratte kann den Druck, der von oben auf ihren geschundenen Rattenkörper einwirkt, nicht aushalten und wird zerquetscht. Sie lebt noch und schleppt sich, nachdem der kleine Kerl mit dem Hinterkopf auf der obersten Treppenstufe aufgeschlagen ist und sein Schädel, wie eine Kokusnuß gespalten, aufplatzt, an die Seite. Da sind ein paar andere Ratten, die sie ablecken und dann anfangen,

zu zerreißen. Ein dünnes Rinnsal fließt aus dem Kopf des Lampenverkäufers. Doch auch er lebt noch. Kommissar Schneider will ihn retten, er ist ja ein guter Mensch eigentlich. Und er braucht den Wicht noch für seine Ermittlungen, außerdem hat er den Eindruck, daß dieser Mann etwas mit der Sache auf dem Bauernhof zu tun hat. Jedenfalls hat der Lampenverkäufer ein scheinheiliges Gesicht, wegen der Stirnfalten, meint der Kommissar. Er macht seine Hände ganz flach und drückt den Schädel des Männchens fest zusammen, um zu prüfen, ob es paßt. Dann klemmt er den Kopf zwischen seine Knie, er geht dafür etwas in die Hocke, und mit Nadel und Faden näht er ihn wieder so zusammen, daß der Mann, der eben noch auf dem Stuhl gefesselt war und jetzt total zerrissene Klamotten anhat, denkt, er wär auf einem Nähkurs.

Weiß sind die Gardinen, die meterhoch vor den Fensterhöhlen von der Decke rinnen, im Innern des Hauses ist Ruhe. Der Ort des Entsagens, so nennt der Besitzer sein Lieblingszimmer, in dem alles besonders hell ist. Fußbodenbelag durchdringt von unten die Luft, eine lautlose Lärche winkt draußen im Innenareal den vorbeifahrenden Autos zu, die niemals dagewar.

Das Haus ist nicht verlassen. Es bewegt sich etwas zwischen der Gardine, eine Nonne gleitet mit einem weißen Papierhut durch die Flucht. Switsch macht das Radio, dessen Besitzer gerade beim Frühstück sitzt, er hat eine Fernbedienung in der Hand. Mit der anderen Hand füttert er sich selbst Gänseklein in mittleren Abstrichen durch die Federboa. Ja, er hat eine Federboa um den Hals gelegt. Leise durchdringt kleine Nachtmusik à la Jazz den Plattenspieler. Es eiert ein wenig verkehrt. »Nanananananaaaa«, der Mann singt ein bißchen, während seine Hand wieder ausfährt, um den halben Rohfisch vom Tellerrand zu ziehen. Es gelingt ihm nicht, er hat zu wenig Kraft. Da kommt die Nonne rein. »Herr, draußen wartet ein Labyrinth zum Spiel auf Sie!« Sie verschwindet wieder.

Gelangweilt nistet sich ein Pfau auf dem Sofa des Prysathen ein. Der Mann zieht seine Beine weg, damit er Platz hat. Am Fenster erscheint die Sonne in einem grellorangenen Hof, Kondenswasser.

Der Mann säugt an einer Wasserpfeife. Da bewegt sich der Boden direkt vor dem Sofa. Ein meterlanges Stück Fußboden senkt sich automatisch ab, und es sprudelt lauwarmes Wasser in die Öffnung. Dann erscheint ein gleißend silbernes Rohr aus der Tiefe. Der Mann auf dem Sofa beißt in ein Stück Gesottenes.

Das Rohr wird länger und länger. Dann wird aus dem Rohr mit unsichtbarer Hand ein kleiner Pudel herausgeschubst. Das Tier fällt ins Wasser und schwimmt albern mit den Vorderpfoten rudernd an »Land«. Der Pudel springt zu dem Mann auf die Couch. Der Mann nimmt den Zettel aus der Schnauze des Hundes und liest: »...Abrechnung – 23. 2. 2004, 40 Tonnen Hasch / macht 380 Milliarden Mark. Herzlichen Glückwunsch! (Immanuelle)

Genüßlich zehrt der Mann aus den Zeilen seine Message, dann schlürft er aus einer breiten Schale Eierlikör.

»Nonne!!« Er ruft die Nonne. Sie kommt schnell an. Dann tuschelt er mit ihr irgendwas, sie geht darauf, glaub ich weg, und er ist wieder allein.

Kommissar Schneider hat nicht so einen Lenz wie der Typ gerade mit dem Sofa! Nachdem er dem kleinen Männchen geholfen hatte, wurde der eine noch frech und biß den Kommissar ins Bein! Kommissar Schneider bestrafte ihn noch an Ort und Stelle mit einem Pistolenschuß in die Kniescheiben. Was hatte er sich bloß für einen dämlichen Beruf ausgesucht! Aber wer sollte sonst so was machen, wenn nicht ein Mann wie Kommissar Schneider? Über Funk rief er ein paar Beamte, das macht er eigentlich nicht gerne, um die beiden aus dem Lampenladen abführen zu lassen. Aber er konnte jetzt keine Zeit mehr verlieren, er mußte zu dem Tatort, wo der Mann von dem Wachhund zerfleischt worden war.

Im dunklen Gewand der herbeieilenden Nacht bestieg der Kommissar Schneider mit dünnen Lacklederhandschuhen bewappnet gegen die aufsteigende Feuchtigkeit, die aus dem Farn treibt, wenn der Winter fast vorbei ist, den einsamen Hochstand im Niederwald. Knarrend beugten sich die noch jungen Nadelhölzer, der knisternde Waldboden war harsch, zäh verbiß sich des Kommissares Fuß, er warf einen blauen Schatten. Er atmete hechelnd beim Aufstieg. Die runden Hölzer, mit der die schmale Stiege gebaut war, verschmierten Glätte unter jedem Tritt. Dann war er oben angekommen. Ein spähender, weiter Blick mit einer steif an die Stirn gelegten Handkante. Er mußte seine Augen erst an die Dämmerung gewöhnen. Jetzt sah er durch die kleinen Wipfel hindurch das alte Gehöft. Es mußte etwa eine Meile weit weg sein. Links stand das alte Herrenhaus, rechts daneben von hier aus gesehen war ein Hof, recht groß, er ging in eine Wiese über, die jetzt total matschig war, es hatte viel geregnet letzte Zeit, und außerdem hatten gestern fast dreißig Polizisten die Grasnarbe schleimig getreten. Ganz hinten auf dem rechten Ausläufer der Wiese war der Zwinger zu sehen, flach und herzlos gebaut. Eigentlich nichts anderes als ein Verschlag. Der Hund lag davor, seine Vorderpfoten umklammerten noch einen langen Knochen. Keiner wagte es, ihn ihm wegzunehmen. Er sabberte daran herum. Piepsende Laute kamen aus seinen Nüstern. Eine aufrecht gehende Henne verließ gerade das Haus, gefolgt von zwanzig urplötzlich lospickenden Hühnern. Sie pickten und pickten.

Der Kommissar Schneider machte unwillkürlich das Picken der Hühner nach. Gedankenverloren nickte er immer mit dem Hals, so als wolle er auch ein paar von den Körnern aufnehmen, die anscheinend eine Magd den Hühnern zuwarf. Und da kam sie auch schon aus dem Haus heraus. Eines von den Hühnern jedoch stellt sich plötzlich merkwürdig in Stellung, so als wolle es einen Kampf oder so was! Der Kommissar stutzte. Was war mit dem Huhn los? Da begann die Magd, ihren Mund weit aufzureißen, ein Schrei quoll hervor! Das Huhn setzte bereits auf ihrer Brust zu einem hohen Hieb an, da, es versenkte mehrmals seinen Hacker in die Bluse der Magd. Die fiel sofort um, nicht ohne jedoch noch einmal sich aufzurappeln, um mit dem Huhn zu kämpfen! Doch es bekam die Überhand über das Mädchen. Es siegte.

Es war auf jeden Fall schon mal kein weißes Huhn, das sah Kommissar Schneider auf einen Blick. Ohne Fernglas. Merkwürdig, was war das für ein komischer Bauernhof?! Erst die Sache mit dem vom Hund aufgefressenen Einbrecher, der gar keiner war wahrscheinlich, und dann jetzt eine von einem Huhn besiegte Magd! Mal sehen, was noch alles hier passiert! Aber erst mal muß der Kommissar jetzt nach Hause, seine Frau hat heute lecker gekocht, das Loempia muß er essen. Den ganzen Tag hat er sich schon auf Loempia gefreut, ein chinesisches Essen. Sie wollte ihm diese Freude machen, weil ja neulich das Essen im chinesischen Spezialitätenrestaurant so schlecht war. In der Küche fühlte sie sich seit einiger Zeit aber nicht mehr so wohl. Kommissar Schneider hatte sich nämlich aus dem kriminaltechnischen Institut einen Schädel ausgeliehen und ins Eisfach gelegt, er wollte sich, wenn er mal Zeit hat, dem Kopf wissenschaftlich nähern. Er hatte auch die Idee, wenn man einen Blutkreislauf bilden könnte mit Hilfe von

Gummischläuchen und eine Pumpe anschließen könnte, ja, vielleicht würde der Mann dann reden oder zumindest etwas aufschreiben können. Na ja, in solchen Sachen sollte der Kommissar Schneider lieber andere dranlassen, nämlich die, die sich darauf spezialisiert haben, sagte seine Frau immer.

Die Wirtschaft, in der Kommissar Schneider gelandet war, hatte überhaupt kein Licht. Schemenhafte Gestalten lungerten um die Theke herum, sie bestellten Bier. Einer nagte wie ein Hund an einem Mettwürstchen. Harter Pissegeruch stand im Raum, sobald jemand sich bequemte, die Klos aufzusuchen und die Tür aufstehen ließ. Bah, was für ein Gestank. Eine Mischung aus Toiletten-Steinen und Urin. Ekelhaft. Dazu trank man genüßlich sein Bierchen. Und Qualm. Sie rauchten bereits zig Packungen leer. Kommissar Schneider nahm ein Flaschenbier, weil er dem Zeug, das aus dem Hahn kam, nicht traute. Die Rockmusik, die aus den kleinen, kaum erkennbaren Boxen kam, die am Himmel hingen, hatte dieselbe Lautstärke, wie als wenn man laut reden muß, um sich zu verständigen. Ein bißchen lauter noch. So redeten die Typen lieber gar nicht oder näherten sich einem ziemlich nah ans Ohr, damit man was versteht. Hier war die Langeweile groß geschrieben. Kommissar Schneider schaute auf die Uhr. Scheiße, stehengeblieben! Er steckte die Taschenuhr weg. Nach etwas Überlegen fiel ihm wieder ein, wo in dem Laden hier eine Uhr hängt: neben dem Tresen war so eine Uhr aufgehängt, die als Gag falsch herum lief. Man mußte ziemlich lange überlegen, wieviel Uhr es war. Das Licht wurde noch mehr gedimmt, anscheinend wollten sie jetzt Feierabend machen. Jetzt sah man nur noch Umrisse. Schwarzgrün eingetaucht in die Dunkelheit, sie quoll hoch wie eine Katze.

Ein Raunen ging durch die spärliche Menge, ein Taxifahrer war reingekommen: »Taxi.« Unleserlich aus einem verknitterten Maul dargeboten, kaum einer nahm es wahr. Und wieder tat der Taxifahrer sein Muß. Er hatte Ringe unter den Augen, und das Taxifahren war wohl nicht sein Berufsziel gewesen, weswegen er auf der Abendschule sein Abitur nachgemacht hatte. Ohne Kundschaft zog er wieder ab, ein paar Sekunden später verzog sich einer der Gäste durch die Tür ins draußerne Nichts, es nebelte gräulich unter halbgehangenen Fassadendächern, was für die Laternen das Zeichen war, an mehreren Stellen in der Stadt zu versagen. Sie hatten genug gebrannt. Jahrzehnte waren ihre Birnen nicht mehr ausgewechselt worden. Ein Hoppelhase mümmelte gewagt mitten auf der großen Straßenbahnkreuzung. Er nahm die fahle Farbe der Schienen an, bevor er mit mehreren Haken in die Büsche kadenzte.

Der Kommissar Schneider zog an seiner Zigarette. Dann nahm er einen Schluck. Ah, tat das gut. Nach so einem Tag.

Das kleine Wohnzimmer war vollgestellt mit Bauernmöbeln. Ein Tisch stand in der Mitte. Auf der verschnörkelten Bank saß der Bauer und hatte vor sich auf dem Tisch eine Zither liegen. Darauf spielte er mit knöchernen Fingern sein Lied. Das Lied seines Lebens, so jedenfalls deutete es der Kommissar, der ansonsten mit Musik nichts zu tun hat in seinem Beruf. Der Bauer war traurig, wahrscheinlich, so wußte Kommissar Schneider, wegen der nun toten Magd, die immer so schön die Hühner und Enten gefüttert hatte. Doch wie konnte so was denn passieren? Hierher war der Kommissar Schneider nun gekommen, um das in Erfahrung zu bringen.

»Bauer! Wann haben Sie die Magd zum letzten Mal gesehen?« fragte der Kommissar.

»Gestern, sie ging raus zum Hühner füttern!«

»Aha!« Der Kommissar war schlau. Er hatte sich das nämlich bereits zu Hause so gedacht!

»Ja, sie war die beste Magd seit langem, sie war eine wunderbare Frau!«

Der Bauer spielte dabei weiter, aber nur so ein paar Töne.

»Hören Sie mal einen Moment lang auf mit Musik, Bauer, ja?« Der Kommissar war abgelenkt.

»Ich habe alles von hier aus gesehen, Herr Kommissar! Sie mußte leiden, weil das Huhn mit Gewalt in sie reingepickt hat!«

»Aha, Bauer! Wie sah das Huhn aus? Hatte es vielleicht ein besonderes Merkmal? Sie verstehen, wie kommt überhaupt ein Huhn auf die Idee, einen Menschen anzufallen! Da muß eine Art Fernbedienung mit im Spiel gewesen sein!«

29

Der Bauer beendet jäh sein Bauernlied.

»Nein, ich habe nichts bemerkt!« Der Bauer wird plötzlich sentimental, aber es wirkt aufgesetzt!

»Die arme Magd, die arme Magd! Herr Kommissar! Die arme Magd, verstehen Sie? Die arme MAGD!!« Er schreit den Kommissar an und nimmt ihn an den Kragen, schluchzend! Der Kommissar weiß sich vor solchen Angriffen zu verwahren, er haut dem Bauern erst mit dem angewinkelten Arm die Faust in die Magenkuhle, dann Handkantenschlag auf den Kehlkopf, zwei zu Kellen geformte Hände fahren aus, um dem Mann auf die Ohren zu kloppen, aus! Der Bauer fällt tot um. Oh, was hat Kommissar Schneider denn nun verbrochen! Ein Toter muß ja wohl nicht sein! Oder? Doch in diesem Fall kann ja wohl keiner sagen, daß er nicht richtig gehandelt hat, denn dieser Fall hier ist total verzwickt, und auch ein Kommissar weiß manchmal nicht ein noch aus. Außerdem war der Bauer schon älter.

Ein Sattelzug, vollbeladen mit Ziegelsteinen, rammt den Wagen des Kommissars, als dieser ihn auf der linken Spur überholen will. Die Autobahn hat drei enge Spuren, auf einem Schild wurde eben erst darauf hingewiesen. Gerade noch kann Kommissar Schneider das Lenkrad wegreißen, der Wagen schlingert nach rechts und links, von rechts hinten ist ein lautes, dumpfes Knallen zu hören, grelle Scheinwerfer verheddern sich in ungewolltem Herumgehopse, noch ein Knall, und es ist mit einmal stockdunkel. Scherben springen durch die Luft, ein Hauch der Verwesung befreit sich aus dem Ziegelhaufen, der Kommissar bremst mit stark angewinkelten Oberarmen sein Auto ab, er reißt die Fahrertür auf und hechtet brennend aus dem Wagen, hastet über und über mit Blut bedeckt den Mittelstreifen entlang, da wirft eine imaginäre Hand ein dickes Seil aus dem Himmel, der Kommissar kann gerade noch den Knoten mit beiden Händen erfassen, er hält sich mit aller Kraft fest, der Lastwagen explodiert, und tausend Ziegelsteine fliegen durch die Gegend, da zieht das Seil an, und Kommissar Schneider hängt dran und wird hochgeschleudert, und auf geht es in den Wind, ein ohrenbetäubender Lärm über ihm, Regen peitscht, seine Lippen brennen, aufgeplatzt von der Feuersbrunst, die ihm das Unglück von unten entgegenschmeißt. Halb gefesselt nun wickelt sich der Kommissar Schneider am Seil hoch, nur noch wenige Meter, da ist der Hubschrauber, die Kufen in unmittelbarer Nähe, sie glänzen verlockend in der Mitternacht, hier das ist kein Traum, die nackte Wirklichkeit, es ist der Versuch einer Entführung!!!!!

Kommissar Schneider weiß es, er ist gut! Doch was die Verbrecher auch mit ihm anstellen wollen, er wird es ihnen, das Bild, was sie von ihm haben, schon zurechtrücken, das Bild eines tölpelhaften Fernsehkommissars! Es macht ihm riesigen Spaß, wie er sich an den Kufen des Hubschraubers langhangelt, mit eisernem Griff, weiter, weiter, bis zum Einstieg. In dem Ding da drin sitzt einer der meistgesuchtesten Verbrecher der Welt, es handelt sich um keinen geringeren als um Hoirkman Szeßht, den widerlichsten Rauschgifthändler aller Zeiten. Doch was hat er vor mit dem Kommissar? Der Kommissar Schneider wird es bald herausbekommen. Hoirkman Szeßht flegelt sich auf einem dicken Ledersessel rum, das mag der Kommissar nicht! Als er es sieht, ejakuliert sofort und ohne Unterlaß die linke, zusammengeknüllte Faust aus Kommissar Schneiders Körper! Immer auf den fiesen Schädel des Drogenheinis. Seine Kartellbrüder können nur noch staunen. So was ist ihrem Boß noch nicht passiert. Kommissar Schneider hört nicht auf, den Kerl anzugehen. Die Typen vom Kartell glotzen, keiner traut sich an den Kommissar ran, keiner will ihn unterbrechen. Lieber nicht, Leute! Hier das ist kein Spiel! Doch was ist das, Hoirkman Szeßht regt sich ja gar nicht! Und da: »Guten Tag, Herr Kommissar! Na, wie gefällt es Ihnen hier bei uns?« Hoirkman Szeßht steht hinter Kommissar Schneider und reicht ihm seine Hand. »Dann war also dieser Mann hier gar nicht Hoirkman Szeßht!?« Der Kommissar zeigt auf Hoirkman Szeßht. »Nein, das ist ein Doppelgänger, ha ha! Ich bin Hoirkman Szeßht!« – »Sie sind Hoirkman Szeßht?« Der Kommissar ist verwirrt. »Ja, mein Name ist Hoirkman Szeßht! Da staunen Sie, was?« »Ich verhafte Sie, Hoirkman Szeßht! Alles, was sie jetzt sagen, wird für Sie verwendet! ABFÜHREN!« Kommissar Schneider ist sauer, doch er erreicht nichts damit. Hoirkman Szeßht hat jetzt die Oberhand.

Die Tür des Hubschraubers steht immer noch offen. Der Pilot gibt einen Längengrad durch, er wurde gerade von einem Flugzeug angefunkt. Sie wollen sich nicht in die Quere kommen. Die Geschwindigkeit, mit der das Ding fliegt, ist sehr hoch. Der Lärm des Messers, das durch die Luft rotiert, ist ohrenbetäubend. Man kann sein eigenes Wort kaum noch verstehen. Die gesamte Unterhaltung wurde bis jetzt geschrien. »Wollen Sie ein paar Erbsen, Herr Kommissar!!!??« Hoirkman Szeßht greift in seine Anzugtasche und zaubert eine Pappschachtel mit trockenen Erbsen ans Tageslicht. Während der Kommissar abwehrend seine Hand hochkant ausstreckt, reißt Hoirkman Szeßht die Hülle auf, dabei springen etliche von den kleinen, harten grünen Erbschen lustig über den Fußboden des Helikopters. Wie zufällig tritt Hoirkman Szeßht auf die Erbsen und rutscht nach links aus, seine Arme rudern hilflos in der Luft, und der Kommissar muß mitansehen, wie ein Mensch, der eben noch lebend vor ihm gestanden hatte, das Gleichgewicht verliert und mit einem galanten Schwung seitwärts aus dem Hubschrauber rutscht, auf den kleinen Erbschen. Ein langgezogener Todesschrei Hoirkman Szeßhts läßt die Insassen des Hubschraubers erschauern. Dieser Mann ist nicht mehr zu retten, wir fliegen in einer Höhe von ca. 10 000 Metern. Der Kommissar Schneider springt auf, er hält sich dabei geistesgegenwärtig an einer Lasche fest, die aus der Wand guckt. So kann er sehen, wie Hoirkman Szeßht weit, weit unten am Erdboden dumpf aufschlägt. Hoirkman Szeßht ist noch nicht sofort tot, sondern rappelt sich noch kurz hoch und kriecht aus dem Blickfeld, so daß der Kommissar denkt, er lebt noch. Merkwürdig, wie kann ein Mensch aus solch einer Höhe überleben! Kommissar Schneider tippt sich an die Stirn. Er hangelt sich wieder zu seinem Platz. Keiner sagt etwas. Sie fliegen und fliegen, bis die Maschine landet, vergehen einige Minuten.

Die Passagiere sind merkwürdigerweise überhaupt nicht geschockt von dem Unglück. Kommissar Schneider meint auch zu wissen, warum. Und zwar hatte Hoirkman Szeßht, als er aus dem Hubschrauber rutschte, ein Grinsen im Gesicht, so als wäre er zufrieden und würde sich über sein Schicksal freuen. Das hatte der Kommissar mit Kennerblick herausgefunden. Sie landeten. Ein ixbeliebiges Dach eines ixbeliebigen Hochhauses. Die Leute standen auf dem Landeplatz und hatten Maschinengewehre im Anschlag. Man hörte eine Stimme: »Kommen Sie mit erhobenen Händen raus!« Der Kommissar, etwas verdutzt, ging der kleinen Gesellschaft, die eben noch im Flugapparat gehockt hatte, vorweg eine schmale Stiege runter, mehr eine Strickleiter, die aus dem Hubschrauber führte. »Herr Kommissar, was machen Sie denn hier?!« Eine Person schälte sich aus dem dunklen Haufen von Leuten und ging auf Kommissar Schneider zu, der mit den Händen über dem Kopf vor ihm zu stehen kam.

»Das wüßten Sie wohl nur zu gerne, nicht wahr? Wer hat Ihnen den Tip gegeben!!?« Der Kommissar reißt sich den Mann näher zu sich hin. Dabei packt er ihn derb an der Gurgel. »Sie werden in meinem Büro Rechenschaft ablegen, was Sie hier zu suchen

haben! Sie behindern meine Ermittlungen! Sie sind einfacher Hauptwachtmeister, ich verbitte mir ausdrücklich eigenmächtiges Handeln! Ist das klar??!« Der Kommissar sticht dem Polizisten mit Zeige- und Mittelfinger gestreckt beide Augen in ihre dafür vorgesehenen Augenhöhlen. Der Polizist ist augenblicklich blind. »Abführen! Alle auf einmal!« Kommissar Schneider zeigt auf seine Begleiter hinter sich.

Zu Hause wartet seine Frau schon mit dem Essen auf den Kommissar. Doch er hat Verspätung. Endlich dreht sich der Schlüssel im Loch. Eine Hand sucht den Lichtschalter. Knips. Licht an im Flur. Draußen ist es schon lange dunkel. Jetzt den Mantel aus und an den Haken. »Ursula! Komm mal eben!« Die Frau stürmt aus der Küche. »Hallo, Helge! Wie war der Arbeitstag?« – »Hier, nimm den Mantel und häng ihn an den Haken, Schatz. Was gibt's zu essen, Schlampe!?« – »Grünkohl!« – »Hmmmm! Lecker!« Kommissar Schneider läßt sich, nachdem er sich hingesetzt hat, auftischen. »Das riecht sehr gut!«, ist seine anerkennende Bemerkung.
Als sie dann essen, schmatzt der Kommissar. Die Frau bemängelt es sofort an ihm. Er wird darauf ungemütlich. Draußen ist Schlechtwetter. Im Radio spielen sie Rock. Nach dem Essen wird eine kleine Mittagsruhe eingelegt. Sie dauert eine bestimmte Zeit. Kommissar Schneider liegt dafür auf der Couch im Wohnzimmer. Die Frau wäscht in der Zeit seine Socken und Untersachen durch. Sie schleudert alles

und legt die Wäsche in den Trockner. Dann, als die Wäsche trocken ist, legt sie sie fein säuberlich gefaltet dem Kommissar Schneider neben die Couch auf den kleinen Glastisch. Der Kommissar ist wieder wach und hat nun frische Wäsche. »Was ist das eigentlich für ein Fall, den du gerade bearbeitest?« Die Frau ist bis jetzt noch nicht eingeweiht worden vom Kommissar. »Nichts Außergewöhnliches, ein paar Unfälle, Todesfälle. Wahrscheinlich wird noch einiges passieren. Ich bin der einzige, der diesen Fall lösen kann.« – »Was ist das denn für ein Fall?« – »Ich weiß nicht, es geht dich nichts an, kümmer du dich um den Haushalt!« Die Frau wirft dem Kommissar einen Blick zu, daß der Kommissar schnell glaubt, sie wolle ihn hauen. Er duckt sich aus einem Reflex heraus, wie er das aus seinem langjährigen Berufsleben kennt. Doch die Frau macht gar nichts, es ist harmlos. »Wahrscheinlich hast du recht, ich sollte keine Fragen stellen, deren Antworten ich nicht weiß«, sagt die Frau mehr zu sich selbst als zum Kommissar. Dabei lächelt sie. Das kommt dem Kommissar merkwürdig vor. »Warum grinst du!?« – »Ach nichts. Ich bin so froh, daß ich dich geheiratet habe.« Sie geht zufrieden in das gemeinsame Schlafgemach, und man hört, wie sie sich ihren Unterrock über den Kopf streift.

»Komm, Schatz, wir wollen es tun!«

Doch der Kommissar ist schon weg. Er steht vor der Haustür und zündet sich eine Zigarette an, um sie schnell wieder auszumachen. Er will nicht mehr rauchen. Die letzte Untersuchung beim Arzt hat ergeben, daß er einen Schatten auf der Lunge hat.

Das Untersuchungsgefängnis ist direkt dem Polizeipräsidium zugeordnet. Es liegt etwas außerhalb,
man erreicht es, indem man zu Fuß den Hinteraus-
gang des Präsidiums benutzt und über den Fußball-
platz geht, wo die Polizisten manchmal um Meister-
schaften mit auswärtigen Mannschaften spielen.
Der Kommissar hat sein Kommen anmelden müssen. Der Pförtner guckt auf seiner Liste nach seinem
Gesuch. Kommissar Schneider will den Lampenverkäufer ausquetschen, dafür hatte er ihn sich hier ein-
buchten lassen. Außerdem will er sich von dem Geschäft den Schlüssel geben lassen. Wofür, weiß er
selber noch nicht so genau, aber vielleicht ist es für
irgendwas nutze.
Der Gefängnisaufseher ist ein hagerer, ausgemer-
gelter Mann mit hohlen Wangen, die vom Nikotin
völlig gelb angelaufen sind. Er trägt zerfressene
Filzlatschen, die bei jedem Schritt durch die kalten
Flure ein matschiges Geräusch machen, so als puhlt
jemand in einer saftigen Apfelsine mit dem Zeigefinger. Der Mann hat unheimliche Schweißfüße. Sie
stinken zehn Meilen gegen den Wind. Die Gefangenen quetschen sich an die Wand, wenn er vorbei-
geht, um dem qualvollen Geruch zu entkommen,
den dieser Mann verströmt. Der Mundgeruch läßt
Kommissar Schneider erschüttern, als er mit ihm
redet. »Hier, da sitzt der Lampenverkäufer. Es ist
die Hausnummer 42. Hahaha!« (Jetzt lacht er auch
noch!) »Der kommt so schnell nicht hier raus, der
Zwerg! Er hat mich nämlich angegriffen, der
Elende!« Der Kommissar wird ohnmächtig und
bricht zusammen. Tiefes Schwarz macht sich an sei-

nem Horizont breit, er atmet schwer. Sein ganzes Leben zieht in Sekunden an ihm vorbei. Was war nur mit ihm los?

Eine Stimme dringt an sein Ohr. »Hallooooo! Ich bins!!!« . . .

Noch wird er nicht ganz wach. Immer, wenn er die Stimme hört, ist auch dieser Geruch in seiner Nase. Der Geruch ist so stark, daß er wieder wach wird. Er reißt die Augen auf, und über ihm hockt tief runtergebeugt der Aufseher. »Da sind schon einige Leute umgekippt, Herr Kommissar! Machen Sie sich keine Sorgen, es ist wegen meines Mundgeruchs! Da kann man nichts machen, den ganzen Tag hier in dieser Anstalt! Und das schlechte Essen! Der Arzt sagt, es käme vom Magen! Vom MAGEN!! Verstehen Sie!!?« Er zerrt an Kommissar Schneider, will ihn hochheben. Kommissar Schneider erbricht. Er ist jetzt bekleckert. »Lassen Sie mich, ich komm allein hoch!« Der Kommissar ist schon wieder auf den Beinen. »Lassen Sie uns allein!« – »Natürlich, Herr Kommissar! Aber passen Sie auf, er ist gefährlich!« Mit diesen Worten gibt er dem Kommissar den Schlüssel und wendet sich zum Gehen.

Bereits eine Stunde später sitzt der Kommissar wieder in seinem Auto in Richtung nach Hause. Es scheint ihm, als brumme der Motor etwas mehr in den unteren Touren als sonst. Sollte gar der Motor oder etwas anderes kaputt sein? Mit Ohren wie Bratpfannen horcht der Kommissar auf die niederen

Töne. Da war es wieder, so ein quirliges, aber sehr tiefes Grollen, mitten aus dem Motor, mitten da, wo das Gaspedal in den Motorraum eintritt. Der Kommissar muß anhalten. Das geht nicht. Das Auto ist sein Ein und Alles. Sollte jemand da dran rumgefummelt haben? Da fällt ihm ein, daß ja der sehr neue Wagen bereits einmal zum Überprüfen in der Werkstatt war. Da war doch dieser neue Lehrling, vielleicht hat der da dran rumgearbeitet! Ob die so jemand Unerfahrenes denn an sein Auto lassen? Das kann doch nicht sein! Der Kommissar wird fahrig, seine Hände gleiten über die Motorhaube. Er hat den Motor an. Tief legt er sein Ohr auf die Haube. Nein, so geht es nicht, er muß die Haube öffnen. Qualm stiebt breit über dem nun vor ihm liegenden Motor in sein Gesicht. Klar, hier ist was nicht in Ordnung. Der Kommissar will mit der Hand da irgendwie reingreifen, will helfen. Aber er hat keine Ahnung. Wütend stampft er mit dem Fuß. »Die sind doch... verdammt noch mal, das ist doch Scheiße! Was hat man mit mir gemacht! Was soll diese Mistarbeit... ich kann nicht mehr! Ich kann nicht mehr!« Unzusammenhängendes Zeug kommt zu Quadraten komprimiert aus seinem Mund, der nur noch ein schmaler Schnitt ist. Weiß ist sein Gesicht. Er ist sauer, weil er den Wagen immer und immer braucht. Auch, wenn er nur da in der Garage steht. Es ist seiner. Sein Auto. Das Auto des Kommissars. Für die Frau ist das Leben heute nicht gut. Am liebsten verkröche sie sich direkt hinter dem Herd. Der Kommissar hat sehr schlechte Laune. Sie hatte auch noch die Frechheit, ihn zu fragen, was wäre. Dann hat sie sich auch noch nach dem Auto erkundigt, und warum er zu Fuß zum Essen kommt! Das war Wasser auf die Mühle des nun vollends echauffierten Starkommissars. Er stand in seinem Zimmer und guckte bereits seit geraumer Zeit in den Sessel. So, als wolle er ihn besteigen, aber das letzten Endes doch zu albern fand. Er setzte sich nicht hin, hinsetzen kann sich jeder. Aber keiner kam dem Kommissar Schneider gleich. Er war der Beste. Er ist der Beste. Er ist seiner Zeit voraus. Er wird den Fall lösen, den Wagen wird er reparieren lassen. Wozu hat man denn eine Autowerkstatt. Und er wird keinen Pfennig zahlen. Ansonsten bekommen sie es mit der Polizei zu tun! Zufälligerweise hat er nämlich einen sehr guten Bekannten, der bei der Polizei arbeitet: und zwar er selbst! Hahahahaa! Und so bekommt Kommissar Schneider wieder gute Laune.

Als er aus seinem Zimmer tritt, grüßt er sogar seine Frau. Die läßt vor Schreck einen Teller fallen, den sie gerade abtrocknet. Sie wird es von ihrem karg bemessenen Haushaltsgeld abknapsen müssen.

Aus dem Lampenverkäufer war so gut wie gar nichts rauszubekommen. Der Zwerg wurde sofort wieder aggressiv, als der Kommissar ihm Fragen stellen wollte. Obwohl der Kommissar ihm das Leben gerettet hatte. Aber dahinter vermutete er einen Hintergedanken, nämlich, daß der Kommissar dafür eines Tages zu ihm käme und vielleicht eine Lampe umsonst haben wollte. Aber nicht mit ihm, nicht mit

Lampenverkäufer Heinrich Klogruch. Also zog der Kommissar unverrichteter Dinge seinerzeit aus dem Untersuchungsgefängnis ab. Fürchterlich, der Kommissar erinnert sich nicht gerne an diese blöde Unterhaltung. Gefährlich konnte der Wicht ihm allerdings nicht werden, bei Kommissar Schneider war er an der falschen Adresse. Der hatte nämlich den Kerl aus einer Vorahnung heraus mit einem dicken Seil um den kleinen Tisch wickeln lassen, dafür mußte der Aufseher mit dem Mundgeruch nochmal kommen und helfen. Ein unvergeßliches Erlebnis.

»Tut uns leid, Herr Schneider, der Wagen ist noch nicht fertig! Wir haben die Ersatzteile noch nicht bestellt!« Der Kommissar ist umsonst zu der Autowerkstatt gelaufen. »Kann ich den Wagen morgen früh wiederhaben? Ich habe Dienst!« – »Am besten, Sie rufen morgen mittag an, vielleicht sind die Teile dann da. Haben Sie schon den neuen Taurus getestet, Herr Schneider? Ein schnelles Auto. Und ohne Extras ist er noch teurer wie Ihrer! Wir machen Ihnen allerdings eine Sonderkondition. Was sagen Sie, können Sie zu einer Probefahrt kommen?« – »Herr ... äh ..., also ich brauche meinen Wagen so schnell wie möglich, denn ...« – »Ja, aber das geht nicht.« Bestimmt wiegelt der Mann das Gespräch ab und will sich entfernen. »Wir müssen das Getriebe auch auseinandernehmen, da können Sie mit einer Woche rechnen. Auf Wiedersehen!« Und er läßt den Kommissar stehen.

»Ja, aber...« Kommissar Schneider ist allein, das Rolltor der Autowerkstatt knallt hinab.

Ohne Auto ist der Kommissar nicht so gut. Seine Qualität nimmt dann ab. Praktisch ist er nur noch ein halber Kommissar. Und das gerade jetzt, wo der Fall seine gesamte Kraft fordert! Kraft und Intelligenz! Ein Fall, in dem er sich und vor allen Dingen auch anderen, jüngeren Kommissaren beweisen könnte, wie fit er noch ist. Es geht kein Weg dran vorbei, nach diesen Überlegungen ist er so gut wie gezwungen, einen Mietwagen zu nehmen. Das bringt ihn zumindest ein paar Punkte weiter, auch wenn es mit Sicherheit niemals solch einen Wagen zur Miete geben kann wie Kommissar Schneiders eigenen.

Mit einem Leihwagen wollte der Kommissar nicht gerne fahren, deshalb nahm er die Möglichkeit wahr, ein Motorrad zu mieten. Es sah fürchterlich aus, wie der Kommissar Schneider in einem zusätzlich für diesen Zweck geliehenen Lederkombi mit Integralhelm in die kleine Straße einbog, in der die Polizistin Monika M. in einer kleinen Eigentumswohnung auf ihn wartete. Die staunte nicht schlecht, als der Kommissar sich zu erkennen gab. Schnell poppte er sie, weil sie es auch wollte. Dafür machte er seinen Lederkombi nur einen kleinen Spalt auf. Sie fand es erregend, daß er das Ding anbehielt. Auch sagte sie zu ihm »mein Rennfahrer« und andere Sachen! Als der Kommissar wieder weggehen wollte, brauchte er eine geschlagene halbe Stunde,

um das Scheißmotorrad mit dem Kickstarter anzu-
treten. Mit weißem Gesicht und blau unterlaufener
Unterlippe vor Kreislaufbeschwerden düste er laut
knatternd davon, ohne eigentlich richtig zu wissen,
wie er weiter ermitteln sollte. Er war unglücklich
ohne sein Auto. Als er so durch die Straßen raste —
bei jeder Kurve kamen Funken aus den Fußrasten,
weil er das Motorrad so scharf in die Seitenlage
brachte —, dachte er an den Hund, der den Einbrecher zerfleischt hatte. Was mußte in so einem Tier
vorgehen bei solch einer Sache? Ob der Einbrecher
schmeckte? Oder wollte der Hund dem Mann nur
eine Lektion erteilen, sozusagen die Leviten lesen!
Denken Hunde eigentlich? Wie setzt sich die Psyche
dieser Tierart wohl zusammen? Er hatte mal gehört,
daß besonders intelligente Tiere auch Sachen ler-
nen können, die Menschen auch können, zum Beispiel Stricken, ja, es gab einen Bernhardiner, der
angeblich stricken konnte! Das kann doch nicht
sein! Die lügen doch alle! Der Kommissar wurde aggressiv. So viel Ungereimtheiten in der Welt. Und
dann gibt es so viele Verbrecher heutzutage! Wo
soll das enden?
Mit genau fünfzig Stundenkilometern donnerte der
Kommissar über die Landstraße. Schwalben bilde-
ten eine Kohorte in der Atmosphäre, wolkenfreier
Himmel. Darüber zinnoberrot die tieflädige Sonne,
Einladung zum April.
Währenddessen stand Frau Kommissar Schneider
in der Küche und schnitt Zwiebeln mit einer Hacke.
Da schellte es. Ohne zu ahnen, daß sie entführt werden soll, öffnet die Frau den beiden Gangstern. Als

sie sich zur Tür bewegt, ist Spannung in der Luft. Was wird passieren? Wer könnte denn jetzt um diese Zeit schellen? Es ist gleich Abendbrot! Dunkel Gekleidete stehen vor der Tür. Sie haben eine drohende Gebärde dabei. Ohne daß die Frau Kommissar Schneider sich die zwiebeligen Hände waschen darf, soll sie mitgehen. Nein, denkt sie, erst wird mein Mann im letzten Fall entführt, und jetzt ICH! Als die Männer sie schnappen und mitschleppen wollen, macht sie sich total schwer. Trotzdem muß sie mit. Die Täter haben folgenden Auftrag: die Frau vom Kommissar Schneider an der Haustür abpassen und unter jeder Gewalt mitnehmen, egal ob sie will! Auch Schreie sind zu nichts nütze, denn die Nachbarn hören schlecht. Und außerdem können die Schreie ja auch aus dem Fernseher kommen, den einer der Täter blitzschnell anmacht, nachdem er für ein paar Sekunden ins Haus gesprungen war. Wie ein nasser Sack läßt die Frau sich zwischen den beiden Entführern hängen, die haben ihre liebe Last mit ihr. Dann gehts in ein bereitstehendes Geklautes. Und ab geht die Post, mit der Frau Kommissar im Kofferraum. »Mein Mann wird Ihnen Unannehmlichkeiten bereiten, er ist Starpolizist!« Doch die Herren interessiert es nicht. Das Gaspedal ist bis zum Anschlag durchgedrückt, schnell sind sie auf der Autobahn. Die Reise wird mehrere Tage dauern.

Manchmal muß der Kommissar zu solchen Mitteln greifen, weil er auch zu Hause zur Zeit seine Ruhe braucht. Dieser Fall ist schwer zu lösen. Also fuhr er ein bißchen auf der Landstraße mit dem Motorrad herum, und als er dann in Richtung nach Hause fuhr, hatte er die Gewißheit, daß seine Frau nun nicht mehr störte mit ihrer Anwesenheit. Jetzt konnte er sich ganz allein dem Fall widmen. Es hatte natürlich auch einen Nachteil, daß seine Frau weg war, denn Essen machen kann er nicht selbst. So war er gezwungen, Pommes oder Pizza essen zu gehen. Als Getränke holte er an der Bude um die Ecke Sprudel und Bier. Coca wollte er nicht gerne, sie ist zu süß. Das paßt wohl kaum zu einem Kommissar. Er hatte mal im Fernsehen Schimanski gesehen, darauf kann er auch verzichten, auf so eine Scheiße. Der Kerl trank angeblich Coca, aber als Schauspieler war der unglaublich schlecht, eine Schande für die Schauspielzunft, fand Kommissar Schneider.

So, jetzt macht sich der Kommissar erst mal eine richtige Flasche Bier auf. Und er sinkt genüßlich in den Ohrensessel. Allein! Platz zum Denken. Denken konnte er natürlich auch in seinem Büro, doch für diesen Fall brauchte er zwei Plätze zum Denken. Und schon fiel ihm etwas Wichtiges ein! Alle Leute, die bis jetzt umgekommen waren, hatten eine Gemeinsamkeit, sie waren immer erfreut gewesen über ihren eigenen Tod. Ob es sich um Hoirkman Szeßht handelte, der sogar noch ein paar Schritte machte, nachdem er abgestürzt war, oder das erste Opfer! Der Mann grinste freundlich bei seinem Ableben! Was kann Menschen in solch eine absurde Situation bringen!? Der Kommissar holte weit aus in seinem Kommissargehirn – und da war es: diese Menschen mußten sich KENNEN! Ja, sicher! Sie kannten sich! Mit einem Nu war der Kommissar aus dem Sessel geschnellt. Schnell, der Stadtplan. Mist, er war im

46

Büro. Aber erst mal noch kontrollieren, ob seine Frau noch lebt. »Hallo, hier ist Kommissar Schneider! Alles in Ordnung bei euch?!« Der Mann im Auto hatte das Funkgerät in der Hand und spitzte seine Lippen. »Ja, Herr Kommissar! Wir sind auf dem Weg nach Schweden! Ist das die richtige Richtung?« – »Egal! Ich melde mich!« Der Kommissar hat ein bißchen Sorgenfalten, als er das in sein Telefon spricht. Dann geht er zum Kühlschrank und öffnet ihn. Da war wohl was drin, aber der Kommissar weiß nicht, wie man das macht. Es handelt sich um Heringe in Sahnesoße. Er macht den Deckel auf und zieht einen der Fische raus, schlabbert ihn genüßlich, es scheint ihm zu schmecken. Er hat ein schlechtes Gewissen. Plötzlich dreht er sich um. War da nicht ein Schatten am Fenster? Da, ein Geräusch! Oder? Der Kommissar hält inne und atmet nicht. Seine Ohren sind hoch aufgerichtet. Was war nur mit ihm los? Der Hering schmeckt gut, schnell noch einen aus der Dose gezogen! Hmmmm, lecker! Sahnesoße tropft aus seiner Fresse, er schlingt den Fisch mit einem einzigen Satz runter. Ein paar Tropfen klecksen auf den Fußboden. Der Kommissar, auf allen vieren, schleckt den Boden ab. Er schnüffelt dabei um die Kleckse herum. Als er aufstehen und den Kühlschrank zumachen will, geht es nicht! Er kann nicht hoch! Er will auch gar nicht. Er schnuppert lieber noch in der ganzen Küche herum, ab und zu leckt er den Boden ab.

Ein Glück, daß seine Frau ihn jetzt nicht sehen kann. Das hat er gut eingefädelt. Kommissar Schneider hat heute mittag in der Stadtbücherei ein Buch über Hunde gekauft: wie sie sich benehmen und woher sie abstammen. Ein sehr dickes Buch. Die Frau, die an der Bücherausgabe hockte, wunderte sich über den Kommissar, der ihr merkwürdige Blicke zuwarf, als er das Buch mitnahm. Irgendwie so hündisch, fand sie. Man könnte meinen, jetzt kommt GRIMMS MÄRCHEN! Kein Zweifel, der Kommissar Schneider schlüpfte mit viel Geschick in die Rolle eines großen Hundes, um tatsächlich auf diese Weise Kontakt zu dem Wachhund, der den Einbrecher gekillt hatte, zu bekommen und ihn auszuquetschen! Im Dunkel der Nacht verließ Kommissar Schneider das Haus, um an einem etwas entfernt stehenden alten Pflaumenbaum sein Bein zu heben und zu pissen. Wenn Kommissar Schneider etwas machte, machte er es richtig. Es war nur zu hoffen, daß zufällig kein anderer Rüde um diese Nachtzeit unterwegs war, der ihn eventuell gesehen hatte. Jetzt versteht man auch, weshalb die Frau Kommissar unbedingt das Haus verlassen mußte, damit der gewiefte Kommissar seinen unglaublichen Plan verwirklichen konnte: er war ein Hund geworden!

Also rannte er los in die Dunkelheit. Er nahm die Fährte auf zu dem einsamen Bauernhof. Dort lag der Bluthund pennend in seinem Zwinger, aus seinen Lefzen sabberte er laut schnarchend. Er träumte von halben Schweinen und Würsten, die an einer Leine zum Trocknen hingen. Auch jagte er, er träumte, er wäre ein Vorstehhund! Da bemerkte er ein Hecheln direkt an seinem linken Ohr. Und noch mal. Der Bluthund fuhr hoch, er bewegte sich nicht. Vor ihm stand auf allen vieren der Kommissar Schneider, nicht mehr als solcher zu erkennen, sondern als Dogge. Der Bluthund war fast genauso groß. Ohne zu zögern gab Kommissar Schneider dem Hund eine Wurst mit ausgestrecktem Arm in den Zwinger. Er machte die Hand flach, wie man das bei Pferden macht, wenn man ihnen Zucker gibt. Der Bluthund fiel darauf rein, er aß die Wurst. Sie enthielt eine Art Rauschgift, die zum Reden ermuntert. So erfuhr Kommissar Schneider folgendes: wie der Hund aufgewachsen war, wer der Bauer war, wie er ihn gefüttert hat, weshalb er im Zwinger wohnte, er erzählte von seinen Geschwistern, die er kaum kannte, er erzählte auch von den Hühnern, die ihn immer ärgerten, aber von dem Mord an dem Einbrecher wollte er nicht reden. So fragte ihn Kommissar Schneider nach einer halben Stunde endlich danach. Der Bluthund sagte, daß er nichts dafür konnte, weil der Mann sich ihm regelrecht in das Maul geschmissen hatte, er praktisch keine Wahl hatte. Wenn er Luft bekommen wollte, mußte er zubeißen und zerteilen, damit der Hals innen frei wurde. Den Namen des Opfers kannte der Hund nicht. »Es ging alles zu schnell!« Der Kommissar Schneider hatte aber genug gehört. Ihm reichte es. Also zog er wieder von dannen, nicht ohne eins von den Hühnern zu reißen. Es schmeckte gut, weil es

ein freilaufendes Grünkernhuhn war ohne Fischge-
schmack.

Der Prhysath stand vor seinem mit Gold verzierten
Spiegel aus dem 14. Jahrhundert und schmückte
sich mit einer weiß-schimmrigen Perlenkette. Keck
spitzte sich ein viel zu kleiner Hut auf seiner Halb-
glatze, daneben hingen ein paar falsche Haare wie
Fetzen von seinen Ohren. Er fand sich chic. Schnell
noch ein wenig Kajal-Stift unter die Augen, damit sie
größer schienen, falls ihm jemand auf seinem einzigen Spaziergang sähe. Er ging nur ein einziges Mal
pro Monat um die vier Ecken. Dieser Mann hier
lebte von den Erträgen seiner Ernte, die er in einigen
hundert Kilometern entfernt liegenden Hasch-Hai-
nen ernten ließ. Er hatte die Felder für einen Appel
und ein Ei von einem türkischen Bauern abgejagt,
damals, als er als Hippie auf großem Trip durch
Süd/Ost-Europa war. Mit einem alten Opel, den er
bunt angemalt hatte im Rausch. Die Türken an den
Straßenecken standen darauf, jedenfalls klatschten
sie oft Beifall, wenn er um die Ecke kam. Und das
deutsche Nummernschild wurde natürlich sehr
gerne gesehen. Feingemacht verließ er nun seine
prunkvolle Villa. Er ließ den Ferrari Ferrari sein und
ging ganz nahe an ihm vorbei, fast elektrisierte er
sich dabei an dem teuren Blech. Um an die Straße zu
gelangen, mußte er fast eine halbe Stunde streng
ausschreiten. Sein Anwesen war ungeheuerlich
groß für eine Stadtwohnung. Auf dem Land hatte er

noch ein Haus. Alles von Hasch. Mit eirigen Knien kam er an seinem großen Eisentor an. Ein Druck auf seinem Funk-Ührchen, und das Tor sprang wie von Geisterhand auf. Jetzt kam er auf die Straße. Heute war nicht viel Verkehr, abgesehen davon, daß es sich um eine Nebenstraße handelte. Die Straße hieß »Kolkmeyers Gebälk« und war frisch geteert worden. Der Prhysath schritt aus. Da wurde er auf die Abdrücke aufmerksam. Fußabdrücke eines größeren Tieres. Mitten auf der Straße, und zwar im frischen Teer. Und da, wenige Meter vor ihm, lief die Dogge! Ganz allein ohne Herrchen! Ihre Zunge hing fast auf dem Fußboden, so durstig war sie. Kein Zweifel, der Hund hatte sich wohl verlaufen, vielleicht war er seinem Herrchen ausgebüchst. Doch der Hasch-Verdiener dachte auch, daß es eventuell ein frei lebendes Tier war, so wie er das kannte von früher, also ein Tier, das voll durchblickte, ihr versteht! Das vielleicht sogar kiffte! Auf jeden Fall war es groß. Und hörte den Pfiff, den der Mann abgab. Die Dogge drehte sich um, und man sah den blutunterlaufenen Augen an, daß es wegen der Fettwülste, die die Augenlider nach unten ziehen, Schmerzen hatte. »Och, komm mal her, du Schatz!« Der Prhysath schnalzte mit der Zunge, da kam das Tier. Es hatte kein Halsband. »Komm mit!« Da, die Dogge ging mit. Das Paar, das sich gerade kennengelernt hatte, bot einen illustren Anblick. Der Nachbar stand an seinem Zaun, als der Haschdirektor mit seinem neuen Hund vorbeikam. »Na, wer kommt denn da?! Ist der groß! Was frißt der denn so?!« – »Ich gebe ihm gleich was! Auf Wiedersehen!« – Auf

»Wiedersehen, Herr Stein!« Der Nachbar war viel freundlicher als sonst, weil der Hund so groß war. Er wollte sich schon im Vorfeld vor dem Tier schützen, indem er Freundlichkeit vorspielte. Damit er nicht irgendwann gebissen wird!

Der Herr Stein stand in der Vorhalle seines Hauses und rief nach seiner Nonne. »Nonne! Komm!« Sie hörte diese Worte an der Gardine, die sie gerade aufhängte. Sie wusch sie jeden Tag, damit immer alles sauber ist. Hops, sprang sie von der Leiter und machte sich behend durch die Gänge, kam in der Vorhalle an. Die Dogge riß sich los und zerfleischte die Nonne vor den Augen des Herrn Stein. Der geriet aus der Fassung. »Hast du dich erschreckt, mein Kind?! Meine arme Dogge! Die tut doch nichts! Komm mal her, Schatz!« Und er nahm die Dogge schützend in seinen Arm. Der Hund hatte sich anscheinend vor dem komischen Kostüm der Nonne erschreckt. Ja, das muß es gewesen sein. »Da kann die Dogge gar nichts für, nicht? Jaaaa! Wo ist denn meine kleine Dogge? HIER HER!!« Die Dogge tänzelte aber nur so rum und hörte nicht mehr auf den Mann. »Ich will ein Foto machen, ja?« Herr Stein holte schnell einen Fotoapparat aus dem Seitenschrank. »Hier, jetzt kommt der Piepmatz! Schau!« Ehe er sichs versehen konnte, wurde aus der Dogge plötzlich Kommissar Schneider, der, wie wir wissen, nicht haben kann, wenn er fotografiert wird! »Elende Journalisten!!« Der Kommissar stürzte sich

52

mit Wucht auf den Hasch-Mann und griff ihm an die Kehle! Gleichzeitig schlug er den Fotoapparat weg, der zerschellte am Marmorboden der Vorhalle. Herrn Steins Augen verdrehten sich auf ekelerregende Weise, er starb unter dem eisernen Würgegriff des rasenden Kommissars. Seine letzten Worte: »Ich glaub, ich habe zuviel gehascht!«

Kommissar Schneider saß in seinem Büro und telefonierte. »Hallo? Hier ist Kommissar Schneider! Bringen Sie sie wieder.« Dann legte er auf. Die Täter brachten seine Frau sofort zurück. Es war kein Zukkerschlecken mit ihr gewesen, erst wollte sie nicht in Schweden bleiben, und dann war auch Italien nicht richtig. Die Männer waren total überfordert mit dieser Frau, die sehr anspruchsvoll war. Sie hatten sie nach Frankreich gebracht, und auch da war es ihr nicht gut genug. Und sie beschwerte sich über den Kofferraum. Sie wollte vorne sitzen im Auto, die Gangster hatten ihr später nachgegeben. Dann fuhr sie die letzte Strecke selbst. Zu Hause angekommen, guckte sie den Kommissar seltsam an, so, als wüßte sie über seine Machenschaften Bescheid.

Hauptsache, jetzt kann sie wieder für ihn Essen machen, dachte der Kommissar, als er nach Hause kam. Es roch auch schon gut. »Hallo, Helge! Ich habe Pellkartoffeln mit Heringen! Du mußt nur noch die Heringe aus dem Kühlschrank holen, Schatz!« – »Nee, ich kann jetzt nicht!« – »Dann mach ich es selbst!« Sie ging zum Kühlschrank und fand nichts vor. Die Heringe waren weg. »Wo sind die Heringe!?« – »Weiß nicht! Mal sehen, ob du improvisieren kannst! Ich habe Hunger!« Der Kommissar wurde langsam ungemütlich.

Schweigend saßen sie am Essenstisch und taten Butter an die Kartoffeln. Dazu gab es nur Schnittlauch. Dem Kommissar knurrte der Magen, er hatte Hunger. »Schmeckts!« Das hätte sie nicht sagen dürfen. Der Kommissar stand wortlos auf und ging essen.

Diese alberne Verkleidung als Hund, der Kommissar war über sich selbst sauer. Nur gut, daß ihn keiner gesehn hatte und daß er den Haschkönig abgemurkst hat. Der war sowieso schon lange fällig. Mit normalen Prozessen war diesen Typen ja überhaupt nicht beizukommen, so hatte der Kommissar die Gelegenheit genutzt und ihn eigenhändig erledigt, damit er nicht noch weiter kleine Kinder zum Haschen bringen kann.

So etwas konnte er sich nicht nochmal leisten, dann käme seine Frau bestimmt dahinter, und er war erledigt. Der Kommissar saß in seinem Büro und überlegte. Die Magd, die von dem Huhn angeblich zerrissen worden war, hatte keine Verwandten. Sie war eine der vielen alleinstehenden, geschwisterlosen Einzelmenschen, die heutzutage in unserer Gesellschaft als Tagelöhner dienen. Eine Exhumierung der Leiche war anberaumt worden. Der Kommissar hatte sie beantragt, weil er das Opfer lieber selbst mit seinem Mikroskop untersuchen wollte, er traute

den Gerichtsmedizinern das nicht zu. Hier handelte es sich nicht um einfachen Mord, sondern auch um psychische Sachen! Die Beerdigung war sehr langweilig gewesen, kein Mensch war zugegen außer den Totengräbern. Da hätte der Kommissar Schneider die Leiche mitnehmen können, aber egal, jetzt war der Termin. Es waren zugegen: Polizeipräsident, Kommissar Schneider daselbst, Arzt aus dem kriminalpathologischen Institut, Pastor. Natürlich auch die Totengräber, denn keiner der feinen Herren hätte selbst eine Schüppe angepackt! Der Leichnam war schon zu Gelee geworden. Teilweise zumindest. Dem Kommissar reichte dieser Zustand.
»Packen Sie mal mit an, Pastor! Zu viert kriegen wir sie in den Wagen.« Der Pastor wollte nicht mithelfen, doch die anderen zwangen ihn. So kam Kommissar Schneider mit einer Leiche nach Hause. Er hatte in der Garage einen Tapeziertisch aufgebaut, auf dem er sezieren wollte. Seine Frau machte ihm Kaffee. Nach zwei Stunden fand der Kommissar einen Sender in der Brust der Magd! Er war nicht überrascht. Genau damit hatte er gerechnet!

Ein schwebender Nebel bewegte sich über dem großen Moor, Trappen schnackten in der Balz, und es roch nach Enzian. Grob schlug die Fahne im heftigen Wind an den Mast, der einsam vor dem Gehöft aushielt. Eine tiefe Hundestimme durchdrang die graue Luft. Der Zwinger war leer. Der Hund stand davor und drohte grollend dem schlicht gekleideten

Mann, der sich abmühte, sich durch den Schlick im Morast zum Haus vorzuarbeiten. Der Kommissar hatte keine Angst. Er hatte schon schlimmere Situationen gemeistert. Doch dieser Hund war gefährlich. Schon einmal hatte er Blut geleckt. Und er hatte mehrere Tage nichts mehr zu essen bekommen. Noch immer lag der tote Bauer in seiner Küche. Die Zither war noch im Verstärker eingesteckert. Der Kommissar hatte kein Interesse, sich um den Bauern zu kümmern, er mußte was an dem Hund ausprobieren.

Als der Hund seinen riesigen Körper erhob, um sich wie von der Feder geschnellt in die Kluft zu katapultieren, duckte sich der Kommissar im letzten Moment, und die Bestie flog dicht über den Kommissar hinweg, laut aufheulend, weil sie schlecht gezielt hatte, zwei Hände kamen blitzschnell hochgeschossen und ergriffen den Hund an den Hinterläufen, eine viertel Drehung, die Beine des Tieres verknoteten sich schmerzhaft, und das eigene Gewicht riß den Hund zu Boden, er verkrümmte sich zu einem Ball, während der Kommissar mit großer Anstrengung seine Arme auseinanderstemmte, um die Beine des Tieres zu brechen. Es knackte, der Hund war auf einmal mit weit geöffneten Kiefern über der Gurgel des Kommissars, der langte tief in den Rachen des Tieres und zog am hintersten Zungenende, der Hund brüllte, und mit einem gekonnten Wegfall zur Seite schleuderte Kommissar Schneider das Tier hoch in den Himmel. Als es niederstieß, hörte man sämtliche Knochen aus den Gebeinen springen. Da lag es nun, winselnd vor Wut und überdeckt mit stin-

kendem Schweiß, zähnefletschend und knurrend. Doch nun sollte es dem Kommissar Schneider gehorchen, er hatte den Hund sich hörig gemacht, indem er ihm zeigte, wer der Stärkere war. Der Hund dankte es dem Kommissar, indem er seine Hände leckte.

»Ursula! Mach die Tür auf! Ich hab keine Hand frei!« Mit beiden Händen hielt sich der Kommissar am Stachelhalsband des Hundes fest, er konnte nicht schellen. Die Frau machte solche Augen, als sie die beiden erblickte. »Das kommt überhaupt nicht in Frage, Helge!« Sie wollte die Tür zuschmeißen. Ein kleines, emsiges Füßchen kam geschnellt, um sich zwischen Tür und Rahmen zu quetschen. Der Schuh des Kommissar Schneider machte sich ganz schmal und hoch, weil die Frau Kommissar die Tür mit ihrem ganzen Gewicht zudrückte, doch gab sie später nach.
Sie saßen am Cocktailtisch, vor sich jeder ein Gläschen Wein. Dazu Salzstangen und Fernsehgebäck. Im Fernsehen war eine Quizsendung, ein Mann redete viel, dabei versuchte er immer, nett zu wirken. Aber Fragen an die Kandidaten waren hier nicht dabei, dafür aber andere Sachen, wie zum Beispiel, einer muß mit bloßen Händen einen Betonsturz zerkleinern. Er schaffte es nicht, deshalb fielen große Buchstaben aus der oberen rechten Ecke, und eine häßliche Melodie ertönte. Der nächste Kandidat mußte ein Lied singen und sagen, wo er im April und

Mai auftritt und wieviel Platten schon verkauft sind. Dann waren auf einmal alle zusammen, alle aus dem Fernsehen! Sie machten eine Art feierlichen Umzug durch den Apparat, dann war auf einmal die Sendung zu Ende. Der Kommissar sah zum Hund, der artig darauf wartete, vom Kommissar angeguckt zu werden, um dann brav mit dem Schwanz zu wedeln. Als der Kommissar seinen Arm um die Frau legen wollte, erklang ein tiefes Grollen aus der Kehle des Tieres, er war eifersüchtig. Mit einem Satz hing er an der Gurgel von Frau Schneider und wollte seine Beißerchen tief hineinwühlen. Doch der Kommissar war auf der Hut! Er trat einfach mit dem Fuß in die Lenden des tobenden Tieres, da ging es der Frau wieder gut. Zum Poppen nahmen sie den Hund lieber nicht mit in das Schlafzimmer. Doch als sie gerade dabei waren – der Kommissar sagte gerade: »Der Fall ist einer der schwersten in meiner Laufbahn!« zu seiner Frau –, öffnete plötzlich eine Hundehand die Tür mit der Klinke! Doch blieb dem Hund überhaupt keine Zeit! Ein scharfes »SITZ!!!« schoß durch das Zimmer, aus verkniffenen Lippen des Kommissars gefletscht. So hatte der Hund keine Wahl. »Wie wollen wir ihn nennen?« fragte die Frau später den Kommissar. »Er heißt meiner Meinung nach ›KÖHNERMANN‹, und dabei bleibts.« Der Kommissar ging noch mit dem Tier Haufen machen, dann versuchte er zu schlafen, es ging nicht, weil der Hund atmete. So stand der Kommissar die ganze Nacht im Zimmer und guckte.

In der kleinen Einzelzelle im Untersuchungsgefängnis lag der Lampenverkäufer langgestreckt auf dem Fußboden. Eine Gärtnerharke steckte gemein in seinem Hinterkopf. Blut rann aus einer klitzekleinen Wunde durch die Frisur des Ermordeten. Die Harke hatte einen außergewöhnlich langen Stiel. Der Kommissar war gerade eingetroffen, er bahnte sich einen Weg durch die Menge, meist Gefangene, die aufgrund dieses Vorfalls bereits auf dem Flur angetreten waren, um sich die gestreiften Anzüge durchsuchen zu lassen. Zwei Polizisten mit Gummiknüppeln achteten darauf, daß keiner aus dem Glied trat. Der Polizeifotograf legte einen neuen Film ein, dann begann er mit seiner Arbeit. Danach war die Leiche für Kommissar Schneider freigegeben. Er warf sie mit dem Fuß auf den Rücken, riß aber vorher die Harke aus dem Kopf, was ein Geräusch machte, als wenn man mit einem Gummistiefel aus einem Schlammloch springt. Als der Kommissar den verschmitzten Gesichtsausdruck der Leiche bemerkte, ärgerte er sich. Was fällt den Leuten ein, ihn so zu verhöhnen! Er nahm die Harke und schaute sie sich genauestens an. Sie war nagelneu, daran war kein Zweifel, und nicht gerade billig gewesen. Es mußte also ein Profi-Gärtner sein, dachte er einen Moment für sich, um dann sofort den Schluß zu ziehen, daß man hier nur den Verdacht auf einen Profi-Gärtner schieben wollte, es sich aber eigentlich um einen Amateur-Gärtner handelte, der sehr geschickt vorging.

Diese Arbeitsweise war heutzutage sehr modern geworden, die Leute sahen zu viel Fernsehen. Sie wollten damit die Polizei verarschen. Aber ohne Kommissar Schneider! Triumphierend ging der Kommissar aus der Zelle, die Harke über der Schulter. Jemand rief ihn. Als er sich umdrehte, haute er aus Versehen einem Gefangenen mit der Harke ein Auge raus. Dafür konnte er nichts, das sah der Gefangene schnell ein, der von den Wärtern mit den Gummiknüppeln in der Magengegend gepeinigt wurde. Die Pressefotografen konnten das nicht sehen, denn Kommissar Schneider lenkte sie ab, indem er gähnte. Die Fotografen glaubten, hier einen unglaublichen Schnappschuß aufnehmen zu können, und ballerten ihre Magazine leer. Kommissar Schneider ließ ihnen selbstverständlich am Ausgang allen die Kameras abnehmen, um sie höchstpersönlich zu zertrümmern. Die Fotografen waren natürlich sauer, aber was sollten sie machen. Wenn einer von denen schlau gewesen wäre, hätte er am nächsten Tag der Annonce in der Tageszeitung mehr Aufmerksamkeit geschenkt. Sie wird lauten: Mehrere Kameras aus Haushaltsauflösung gut zu verkaufen! Gelegenheiten zu besonderen Konditionen! 1 A Ware! Auftraggeber: Kommissar Schneider!

Die Harke paßte gar nicht in des Kommissars Wagen, er nahm sie außerhalb mit dem linken Arm am Auto mit, während er rechts lenkte. Da er einen Automatikwagen fuhr, war es kein so großes Problem. Ein Passant, der gerade über die Straße gehen wollte, guckte neugierig der Harke entgegen, so als wolle er gucken, was das ist, was da auf ihn zukommt neben dem Bürgersteig. Dieser Mann hat auch ein Auge weniger. Er war aber so perplex über

61

den Vorfall, daß er es erst gar nicht merkte. Zuhause machten ihn die Kinder darauf aufmerksam. Das Auge konnte ihm in einer Spezialklinik nachträglich angenäht werden, weil er es, mit sprichwörtlichem Glück, ohne es zu wissen, in der oberen Manteltasche hatte! Es war bei dem kleinen Mißgeschick dort hingefallen, weil sich der Mantel in genau diesem Moment ein bißchen im Wind blähte!

Wir schreiben Donnerstag, den 21. November 2004. Der Kommissar Schneider harkt mit einer nagelneuen Harke seine Rabatten im Garten. Heute hat er auch sogar eine richtige Pfeife im Mund, ohne Tabak, versteht sich, denn er will als gutes Vorbild vorangehen vor einer ganzen Generation von jugendlichen, gefährdeten Menschen, die es nicht leichthaben, sich den lustmachenden Zigaretten zu entsagen. Der Kommissar, der früher selbst einmal geraucht hat, weiß, daß man davon krank wird. Auch er hat bereits sein Fett wegbekommen. Er hat Probleme mit seiner Lunge. Heut nachmittag muß er deswegen zum Arzt. Der Arzt will ihm wahrscheinlich sagen, daß er nur noch einige Monate zu leben hat. Doch der Kommissar ist frohgemut. Er will in dieser kurzen Zeit noch so viele Fälle lösen wie überhaupt nur möglich. Deshalb hat er auch noch zusätzlich einen zweiten, komplizierten Fall angenommen, die Aufklärung eines Klerikal-Verbrechens. Ein Kaplan hatte seinen Vorgesetzten aus Habgier geschändet und anschließend mit einem

Hornhauthobel zu Tode geraspelt. Ein Bild der Verwüstung fand man auch in der Sakristei. Alles war kaputtgehauen und mit Pech stand an der Wand das Wort »Suizide«. Merkwürdig, es sollte wohl wie Selbstmord aussehen. Kommissar Schneider harkte weiter. Die Sonne schien, und seine Frau guckte hinter der Gardine, ob er auch alles richtig macht. Da plötzlich verfinsterte sich der Himmel! Irritiert rieb sich der Kommissar die Augenlider! Er ließ die Harke fallen! Da schoß aus vierhundert Meter Höhe sage und schreibe ein HUHN runter, mitten auf Kommissar Schneider drauf! Doch nein, das Huhn wollte die Harke! Kommissar Schneider fiel hin, als sich das Huhn die Harke mit den Hühnerbeinen schnappte und in einer Steilkurve weiterflog! Eine unfaßbare Geschichte! Jedoch wahr! Der Kommissar dachte, er träumt, doch seine Frau bestätigte den Vorfall. Sie hatte alles mitangesehen, konnte aber nicht helfen, weil sie eine Hühner-Phobie hat seit Kindheit.

»Schnell, mach Platz, ich muß in meine Garage!« schnauzte der Kommissar seine Frau zurecht, die schnell zur Seite sprang. Der Kommissar flog durch die Hintertür direkt in seinen Sportflitzer, dessen Tür aus Geschwindigkeitsgründen immer aufsteht. Der Schlüssel steckte schon halb rumgedreht, so daß der Kommissar Schneider kaum noch drehen mußte, damit der Anlasser seinen Dienst aufnahm. Und er tat es sofort, er wußte, worum es ging. Kommissar Schneider wollte zu Land hinter dem Huhn her, er durfte es nicht aus den Augen verlieren. Er hatte damit gerechnet, daß so etwas passiert, deshalb

hatte er sich mit der Harke, mit der der Lampenverkäufer umgebracht worden war, gut sichtbar in seinem Garten aufgehalten. Daß es ausgerechnet ein
Huhn war, das die Harke holte, damit hatte der
Kommissar allerdings NICHT gerechnet! Und nun:
hinterher. Da flog es, direkt vor ihm, so, als wolle es
den Kommissar verhöhnen. Kommissar Schneider
ist schon überzeugt, daß er das Huhn einfängt, da
fliegt es in einen bereitstehenden Lastwagen, dessen Türen schnell von emsigen Händen von innen
verschlossen werden. Was soll denn das, wenn das
Huhn so weitergeflogen wäre, wäre es doch viel
schneller gewesen! Der Kommissar wird ungehal-
ten. Er fährt links an dem LKW vorbei, der sich gerade anschickt, loszufahren, und stoppt den Wagen
mit kreischenden Rädern. Mit einem verlängerten
rechten Arm hält er gewandt eine Polizei-Kelle
aus dem Beifahrerfenster vor die Windschutz-
scheibe des LKW-Fahrers. Dafür muß er ein wenig
aus seinem Sportsitz hoch. »Stehenbleiben, Polizei!« Während er das sagt, fegt er schon um die
Schnauze seines Sportwagens herum und zieht
gleichzeitig einen geladenen Revolver aus der Weste. Man merkt, daß sie nicht echt ist, doch man kann
ja nie wissen. Der Lastwagenfahrer kommt mit erhobenen Händen heraus. »Kommen Sie mit erhobenen
Händen raus!« Der Kommissar fuchtelt mit der
Knarre vor der Nase des Mannes rum. »Ich bin gezwungen worden!« – »Das heißt nichts!« Und nun ist
der Kommissar in seinem Element! Damit der LKW
nicht weiterkann, tritt er mit solcher Wucht vor die
Reifen, daß sie irreparable Schäden davontragen.

Und jetzt geschieht folgendes: Der Kommissar springt aus dem Stand auf die Schultern des Lastwagenfahrers und reißt ihm mit einem gellenden Schrei von hinten die Haare mitsamt der Kopfhaut ab und läßt sie von oben vor den Augen des Opfers hin und herschlackern. »Sehen Sie sich Ihre Kopfhaut an! Wer steckt hinter dem Ganzen?! Raus mit der Sprache! Elender!« und dabei wirft er die Haare weit von sich in die Luft. Der arme Mann bricht zusammen! Was hat man ihm angetan! Die Gelegenheit nutzt der LKW-Fahrer aus, um zu verduften. Kommissar Schneider liegt röchelnd vor Wut auf der staubigen Erde, da biegt der Lastwagen schon mit pfeifenden Federn in die nächste Straße ein. Und mit ihm das Beweishuhn und eventuell noch mehrere Mittäter! Der Kommissar sieht das mit halbem Auge. Was war mit ihm geschehen? Er ahnte, es könnte bald das Ende kommen. Aber was ist, wenn er stirbt, bevor er den Fall lösen kann? Dann wird noch mehr Verbrechen die Stadt heimsuchen. Das kann er nicht gutheißen. Er steht auf, obwohl es ihn schmerzt. Er schlendert auf seinen Wagen zu und spielt achtlos mit dem Haarteil des LKW-Fahrers Fußball.

Sie haben einen der Täter gefunden. Und zwar den ohne Haare. Spielende Kinder waren überhaupt nicht entsetzt deswegen. Sie waren abgebrühte kleine Früchtchen, deren Eltern sich nicht um ihre Kinder kümmerten, sondern den ganzen Tag arbeiten gingen, beide. Der Lastwagenfahrer lag der

Länge nach von einem stumpfen Gegenstand aufgeschlitzt mit einem zufriedenen Gesichtsausdruck in einem nach Käse stinkendem Hinterhof, da wo eine türkische Bäckerei ist. Den stumpfen Gegenstand hatte er verkrampft in der rechten Hand, es handelte sich um einen Turnschuh, den er sich kurz vorher nach Zeugenaussagen ausgezogen hatte. Also Selbstmord? Nicht ganz klar, denn er hatte ja heute schon vorher öfter die Gelegenheit gehabt, zu sterben.

Kommissar Schneider wollte nicht zu diesem Tatort hinkommen, weil er lieber in seinem Büro saß und alte Fahndungsakten durchforstete nach einem gewissen Hoirkman Szeßht. Die Akte war nicht da. Wo war sie nur? Hauptwachtmeisterin Monika M. konnte sie auch nicht finden. Aber die Art, wie sie sich zu bücken pflegte, gefiel dem Kommissar sehr! Er gab ihr einen Tritt mit seinen ausgelatschten Polizeistifeletten. Sie kreischte auf vor gespieltem Entzücken, wenig später steckte er ihn bei ihr hinein. Sie ließ es geschehen. Kaum hatten sie angefangen zu kopulieren, ging aber schon wieder die Tür auf, und ein einfacher Bürger kam rein. Natürlich fiel der fast um vor Entsetzen! Der stadtbekannte Kommissar Schneider mit einer Komplizin in einer eindeutigen Situation! Zuviel gesehen! Das war praktisch sein Todesurteil. Der Kommissar Schneider, zwar im Liebesrausch, aber mit seiner bewährten Reaktionstiefe, spürte, daß jemand im Raum war und ließ augenblicklich von der Patientin ab. Ein strafender Blick, und da war es auch schon geschehen: Dies gab es bisher noch nicht in der Geschichte der Polizei – ein Kommissar, der mit Blicken töten kann! Unwahrscheinlich, aber wahr! Die Monika M. war Zeuge dieser übersinnlichen Tat des Kommissars. Ihr war das nicht mehr so ganz geheuer, diese Beziehung mit dem Superkommissar, sie verließ das Zimmer, dabei sprach sie kurz mit sich selbst. Thema: eine Nacherzählung der soeben passierten Angelegenheit.

Der Kommissar schleppte den Leichnam in die kleine Putzkammer neben dem Aufenthaltsraum. Dabei fiel ihm auf, daß er noch nichts Anständiges gegessen hatte.

Währenddessen spielten Kinder mit einem Drachen auf der großen Wiese hinter dem Polizeipräsidium. Zu wenig Wind war da. Der Drachen kippte andauernd um und riß in einem Zug runter in die Grasnarbe. So fing er sich häßliche Narben ein. Die Kinder flickten es immer, so gut es ging. Nach einer Stunde war von dem Drachen kaum noch was übrig außer ein Klumpen Buntpapier mit Holzsplittern. Das Zeug konnte natürlich nicht mehr fliegen. Wie aussichtslos doch dieses Dasein für die Kinder war, ein Leben ohne Annehmlichkeiten, eine total kaputte Umwelt, und zwar dadurch entstanden, daß früher die Leute nicht auf ihre Umwelt aufgepaßt haben! Autos hatten sie damals einfach auf der Wiese gewaschen und die Bäume abgehackt, die im Weg standen. Auch Ozon benutzten sie viel, oder vielmehr eben gar nicht, so war es zu einem Loch gekommen im Himmel. Mit Unterarmspray und Lackfarbe machten sie sich selbst die Erde unbelebbar! Das muß man sich mal vorstellen! Und keiner sagte: Nein! Oder wenn doch, immer zu spät. Diese Kinder also hatten darunter zu leiden, was die Vorfahren falsch gemacht hatten. Ihre Zukunft war grau und langweilig. Deshalb hatten sie Spaß an dem Drachen. Sie kannten es auch nicht anders. Auch Kommissar Schneider wußte es nicht besser. Dafür, daß er manchmal etwas ungewöhnlich ist, also auch mal brutal, dafür kann er nichts, denn er ist nicht von alleine so geworden. Alle haben mitgemacht, ihn zu dem zu machen, was er nun ist, der beste Kommissar aller Zeiten. Insbesondere zu erwähnen ist noch, daß er sehr gut aussieht. Ihm ist es aber egal, Hauptsache, die Fälle werden gelöst. Doch was ist das nur für ein anstrengender Fall, den er da bearbeitet! Er erinnert sich nicht, jemals solch einen aufwendig zu führenden Fall in seiner glorreichen Laufbahn gehabt zu haben. Er geht erst mal in sein Stammlokal.

Der schnittige Wagen des Kommissars steht vor einem dunkel erleuchteten – ich wollte schon sagen: Kellerloch. Doch ist diese Wirtschaft ja Parterre. Der Kommissar lehnt sich gegen die Tür, die gelangweilt aufgeht. Panisch ist der Blick des Zapfmeisters in die Richtung des Kommissars geflogen mit dem unhörbar nur mit einem Blick vorgetragenen Ausruf: Pils (fragend). Der Kommissar guckt sich um, dabei stimmt er dem Zapfer zu, ohne ihn dabei anzusehen, räudige Personen buckeln im Lokal hin und her. Der Abend ist weit vorangeschritten. Kommissar Schneider wird vom Oberkellner angerempelt, der gerade durch das schmale Loch an der Theke fliegt, um seine Bestellungen an die durstigen Finstermänner zu verteilen. Hier stinkt es deutlich nach Pisse, als jemand von der Toilette kommt. Er grüßt flüchtig den Hereingekommenen. Der Hereingekommene ist kein geringerer als Kommissar Schneider! Die Musik dröhnt unleserlich aus den Ecken, aus kleinen Boxen. Außer zwei, drei Frauen, die sich anscheinend verlaufen haben, sind nur Kerle da. Man kann die Gesichter nicht sehen. Keiner sagt etwas. Wie immer. Hier ist der Kommissar fast zu Hause. Außer, daß er ab und zu mal ein Autogramm geben muß, wird er hier in Ruhe gelassen. Kunststück, hier merkt ja keiner, daß da auch noch andere im Raum sind. Jeder hat eine eigene Geschichte, nämlich gar keine. Hier hat auch Kommissar Schneider keine Geschichte. Er trinkt. Und noch eins. Wenn es hell wird, wird man Kommissar Schneider sehen, wie er sich vergrämt und vor Kälte bibbernd nach Hause schleppt, denn fahren tut er wohl nicht mehr, sonst würde er erwischt werden und seinen Führerschein sofort los sein. Und da er selber bei der Polizei arbeitet, kann er sich seinen Führerschein auch dann gleich selbst abnehmen, er fährt trotzdem, die ganze Strecke im ersten Gang! Die Frau Kommissar schläft schon lange, Kommissar Schneider macht keinen Krach. Der Hund schlägt nur kurz und sehr leise an. Er liegt schon im Ehebett. Er hat einen von Kommissar Schneiders Schlafanzügen an und eine

Spitzenhaube auf, wie man das von so Omas kennt. Aus unerklärlichen Gründen hat er die Lippen mit Lippenstift verschmiert. Warum? Mit dieser Frage schläft auch der Kommissar Schneider ein. Er träumt laut und intensiv von seinem Beruf.

Als er am nächsten Morgen aufwacht und unheimlich schnell zum Präsidium fahren will, weil er nämlich verpennt hat, geht sein Auto nicht an! Mit Worten nicht mehr zu beschreiben, was in der Garage des Kommissars los ist! Rumpelstilzchen ist ein Waisenknabe gegen Kommissar Schneider. Er reißt sich vor den Augen seines eigenen Wagens in mehrere Stücke, so scheint es, nimmt einen Regenschirm und haut ihn zu einer knorrigen Wurst auf dem Autodach. Dabei schreit er, als würde er in einem Fondue-Topf vor sich hin garen. Sein Blick ist ein einziges Stück weißglühendes Eisenerz, und aus seinen Mundwinkeln, die bereits zu trapezförmigen Fetzen angerissen sind, quillt beißender Sabbel! Dazu vergißt er nicht, seine Pfeife fotogen zwischen den Zähnen zu halten. Seine Frau steht bewundernd in der kleinen, grünen Tür, die den Wohnbereich von der Garage trennt.
Auf einmal hört sie einen Krach aus der Küche. Und zwar ist eine Vase runtergefallen. Wahrscheinlich hat der Hund sie angestoßen.

Irgendwie hat der Kommissar Schneider sein Auto angekriegt und ist erst mal zum Autohändler gefahren. Er beschwert sich. Der Händler sieht ein, daß der Wagen nicht so ganz richtig zum Kommissar paßt. Zusammen gucken sie im Katalog nach, ob eventuell ein neues Modell in Frage kommt: Die Baureihe, die erst nächstes Jahr offiziell verkauft wird. Dem Kommissar gefällt ein Modell sehr gut, er findet, es ist sportlich genug, aber die Farbauswahl ist anscheinend nicht besonders groß, den spärlichen Informationen zu entnehmen. »Könnte ich das Auto, das hier abgebildet ist, innen in kirschrotem Leder bekommen? Es paßt vielleicht gut zu Dunkelblau! Oder, wenn das nicht geht, beige Ledersitze?« Der Autoverkäufer ist schockiert. »Aber Herr Schneider! Überlegen Sie mal, in welche Ecke Sie da kommen! Nein! Schwarz! Innen schwarz!« Er legt eine Hand schwer auf Kommissar Schneiders Unterarm. »Wir machen das schon, Herr Kommissar! Es dauert zirka zweieinhalb Monate.« Der Kommissar guckt etwas enttäuscht, bestellt aber den Wagen sofort, damit keine Zeit verlorengeht.

Unterdessen geht im Polizeipräsidium das Gerücht um, Kommissar Schneider hätte sich mit dem Fall übernommen und will aufhören. Davon weiß der Kommissar aber nichts, weil alle heimlich flüstern, wenn er kommt. Er denkt, daß sie so sind, weil sie in seiner Nähe eine Art Ehrfurcht haben, so, wie bei einem hohen Kirchenfürsten, Papst oder ähnliches. Das ist für ihn eine Bestätigung seiner außerordentlichen Fähigkeiten. Er stolziert ab jetzt wie ein Pfau durch die Hallen. Auch geht er extra ein paar Umwege zu seinem Büro, damit ihn möglichst viele sehen und durch seine Nähe eventuell ein Quentchen seiner Intelligenz abbekommen können. Damit mehr Fälle gelöst werden können von den einzelnen Polizisten. So würden für ihn wirklich nur die kompliziertesten Fälle übrigbleiben. Er denkt oft an seine Frau, wenn er das Polizeipräsidium betritt. Wenn sie doch nur sehen könnte, wie toll das aussieht, wenn er allein so durch die Eingangspforte kommt. Aber seine Frau war noch nie auf der Arbeit bei ihm. Laut klacken seine eigens für diesen Auftritt mit Eisen belegten Schuhe auf dem Marmorboden, als er noch eine kleine Kurve macht, um auf der Kommissarstoilette nach dem Rechten zu sehen. Und siehe da, sein Instinkt hat ihn nicht getäuscht: Auf der Toilette hat sich jemand anscheinend eingeschlossen. Denn die Tür ist abgeriegelt. Wer kann das denn sein? Der Kommissar weiß genau die Stuhlgangzeiten der gesamten Mannschaft. Davon kann es keiner sein. Und wer könnte sonst noch im Polizeipräsidium müssen? Niemand! Er kocht bereits vor Wut! Ein normaler Bürger, wahrscheinlich einer, der eine Anzeige machen wollte oder so, hockt hier auf seinem Klo! Zum Glück hat er einen Vierkantschlüssel immer dabei. Zack, und die Tür ist offen. Der Kommissar hat mit allem gerechnet, jedoch nicht mit diesem hier: Das Fenster steht sperrangelweit offen, und das Klo ist so dermaßen zugeschissen, daß sich ein hoher Hügel oberhalb der Toilettenbrille abzeichnet! Dazu ein unerträglicher Geruch! Der Kommissar Schneider ziert sich nicht lange und steigt, obwohl alles zugeschissen ist, barfuß auf den Bril-

lenrand, damit seine Schuhe nicht stinken später —
die Füße kann er ja waschen — und guckt aus dem
kleinen Fensterchen in den Innenhof. In letzter Sekunde sieht er einen wehenden Schottenrock hinter
der dicken Platane verschwinden. Im Schatten der
Wellblechgarage, wo die Einsatzfahrzeuge auf Arbeit warten, kann die unbekannte Person fliehen.
Für solche Kinkerlitzchen hat der Kommissar keine
Zeit. Er schließt das Fenster und zieht sich die Schuhe
über. Im Gang rümpfen sie die Nase, als er vorbei-
kommt. Doch das interessiert ihn überhaupt nicht!
In seinem Büro angekommen, schlägt er zunächst
einmal im Adressbuch der Stadt nach, um herauszu-
finden, ob es einen Mann mit dem Namen Rübezahl
Pokorny gibt. Dieser Name stand nämlich auf dem
Lastwagen, als Firmenreklame. Die Firma handelte
mit Rohmetallen. Also unter R. Dort stand auch tatsächlich ein ähnlicher Name im Register, und zwar
Lämodost van Aacken, ein angeblicher Holländer,
dessen Eltern aus Polen und aus der Sowjetrepublik
Tessin stammten. Seit einigen Jahren schon flaggten
die Tessiner die sowjetische Flagge, weil sie nicht
mehr zu Österreich gehören wollten, und der Russe
hatte das kleine Land dann unter seinem Namen wei-
terlaufen lassen. Eine gute Idee. So konnte der Tessin
auch etwas von der großen Weite des russischen
Landes profitieren. Im Radio des Kommissars war
auf einmal hinter der flotten Saxophonmusik eine
Annonce! »Hallo! Hallo! Hier spricht ein gewisser
Jemand! Ich richte meine Stimme auf Kommissar
Schneider! Hört er mich? Dies ist eine Aufforderung!
Stellen Sie sofort alle Bemühungen um den Fall

›Scharlachrotes Kampfhuhn‹ ein! Es geht um Ihr eigenes Wohl! Wir lassen nicht mit uns spaßen! Es sprach: Ihr neuer Erzfeind!« Und dann war sofort wieder Musik. Der Kommissar hatte es so mit dem einen Ohr mitgehört. Was sollte das denn jetzt! Jeder weiß doch, daß gerade bei solchen Drohsachen der Kommissar Schneider erst mal richtig loslegt! Wie kann der Typ denken, er hätte mit solchen Schmiereien Erfolg! Kommissar Schneider schenkt dem Radio ein winziges Lächeln. Na, denn! Auf.

Jean-Claude Randersacker war nicht zu Hause. Dafür stand aber sein Wagen vor der Tür. Eine Tüte lag verstreut am Boden. Jemand hatte seinen Abfall einfach in die Straße geschmissen. Jean-Claude Randersacker war ein sogenannter Feierabendmörder. Er hatte Spaß daran zu zermetzeln, irgendwie, auf irgendeine Art. Auch kleinere Leute oder sogar Omas. Sein letzter Mord war vielleicht zwei Tage her, ich weiß es nicht. Seine Wohnung bestand zu dreiviertel aus hohen Industrieregalen, in denen sich allerhand aufhielt, Töpfe mit abgeschnittenen Händen, er nannte sie »Pfötchen«, und so weiter und so weiter. Ganz gut hatte er sich in der Schule gemacht, fanden seine Eltern, er besuchte nämlich die Abendschule und machte in der Frühstückspause Abitur nach. Seine Eltern nennen ihn liebevoll »Fifi«. Er singt den ganzen Tag und ist ein lustiger Mensch. Daher ist er auch noch nicht entdeckt worden. Doch Kommissar Schneider ist ihm bereits auf der Spur.

Seit vier Jahren wird er observiert. Hat er etwas mit dem Fall zu tun?

Es ist zehn Uhr, als Jean-Claude Randersacker unter seinem hellbeigen Zelt hervorguckt. Er macht am See Urlaub, und die Wiese vor seinem Zelt ist übersät mit Gänseblümchen. Spielende Kinder flechten sich Haarreifen aus ihnen. Das sieht Randersacker so gerne, es erinnert ihn an seine Kindheit. Nur, seine Kindheit war nicht auf dem Lande, sondern in einer saturierten Großstadt. Deshalb zieht es ihn auch besonders oft aufs Land. Da, ein Gackern um die Ecke! Er sieht sich um und entdeckt ein paar Hühner, die sich anschicken, in seine Richtung zu latschen. Er wundert sich über die merkwürdigen Gesichter der Hühner, eines davon guckt regelrecht kampfeslustig! Seine rötliche Befiederung steht etwas hoch! Als das Huhn plötzlich einen Riesensatz macht und auf Randersacker losfliegt, wirbeln kleine Federchen in der Luft, und Jean-Claude Randersacker ahnt seinen eigenen Tod. In Sekundenschnelle läuft sein ganzes Leben, vor allen Dingen seine Untaten, vor seinen Augen ab. Da war der Mann, dem er, nur so aus Spaß, Salzsäure im Schwimmbad über die Badehose gegossen hat als kleiner Bub, da war die Frau, die er mühsam durch einen viel zu kleinen Wolf drehte, sie lebte noch, bis sie schon bis zur Hüfte Gehacktes war, da waren die beiden Zwillinge, die er in den Betonmischer gab, damit sie sich vermischten, und so weiter: jetzt war es aus mit ihm! Von einem primitiven Huhn in die Brust gehackt bis zum Herzen, diesen Tod hätte er sich selbst nicht besser ausdenken können! Als er merkte, daß er sich nicht mehr wehren konnte, verzog er seinen Mund zu einem ekelhaften Greinen, er starb mit hoch in die Stirn gekippten Augen.

»Wir müssen raus aufs Land, da ist jemand von einer Art Vogel zerhackt worden, Herr Kommissar! Gerade hat jemand angerufen aus dem Dorf da!« Der Wachtmeister hatte hektisch den Türgriff noch in der Hand, als er wieder gehen wollte, er war abgebrochen. Der Kommissar lehnte sich etwas aus seinem Ledersessel hervor, diese Nachricht konnte ihn nicht überraschen. Er hatte schon seit Tagen damit gerechnet. Doch warum nur auf dem Lande? Kommissar Schneider griff in seinen Aktenschrank und beförderte eine Tafel Schokolade heraus. Er knickte sie auf und aß. Dann steckte er sich langsam eine Pfeife an. Das hatte er schon lange nicht mehr gemacht. Es war ein Zeichen dafür, daß er nun endlich die richtige Spur aufnehmen wird. Jetzt war es ein Kinderspiel, das Puzzle, das ihm seit Wochen Kopfzerbrechen macht, zusammenzusetzen und einen Täter dingfest zu machen. Er rieb sich die Hände! »Fräulein Martin!« Schon ging die Tür zum Nebenzimmer auf, und die Wachtmeisterin kam herein. Wieder suchten ihre Riesentitten das Weite aus einer hautengen, spacken und hervorragenden Weste! Der Kommissar ist sofort abgelenkt, deshalb kann er jetzt nicht schnell ermitteln, sondern muß erst noch Hand anlegen an dieser außergewöhnlichen Figur. Er fingert mit bebenden Knöcheln an des Fräuleins Taille hoch bis zu den Knospen der Lust. Dabei verströmt er einen abartigen Geruch, sozusagen seine Marke, sein markantes Parfüm. Die Frau weiß, was zu tun ist. Sie knöpft schnell ihre Bluse auf, und auf dem Schreibtisch des Kommissars wird nach allen Regeln der Kunst ein Feuerwerk von Stellungen durchprobiert. Der Kommissar ist wegen seiner immerzu sehr guten Haltung zu bewundern.

Doch nun zurück zu seinem Fall. Er windet sich aus der Umklammerung und geht ins Nebenzimmer zu den Polizisten, die darauf warten, von ihm beordert zu werden. »Du, du und du! Ihr geht mit!« Im Vorbeigehen hat er sich eine Mannschaft zusammengestellt! Mit seinem Wagen fahren sie in das abgelegene Dorf am Waldesrand, wo das Gemetzel stattfand. An Ort und Stelle angekommen, fällt dem Kommissar zunächst nichts auf. Doch als er ein paarmal den Ort und die Leiche umrundet hat, findet er Fetzen von Hühnertatzen. Es muß also auch ein Huhn etwas abgekriegt haben! Aber wie kam der Kommissar überhaupt auf ein Huhn? Kann es nicht auch ein Reiher gewesen sein oder ein anderer Großvogel, zum Beispiel ein Rabe? Nein, ein Rabe hätte keine Tatze in dieser Form, ein Rabe hat längere Fingernägel. Ein Reiher hat viel längere Beine. Also ein Huhn. Kommissar Schneider setzt sich lange auf eine Bank, die in unmittelbarer Nähe des Tatortes steht. Er nimmt sein Kinn in die rechte Hand und denkt nach. Dabei darf ihn keiner stören. Ein einfacher Polizist will ihn was fragen! »Herr Kommiss...« Und bereits noch im Aussprechen des Wortes Kommissar ist er tot. Im Affekt erschossen von einem etwas übereifrigen Kommissar Schneider. Doch kann man es ihm verübeln? Wenn er gestört wird in Ermittlungen? Hängt nicht viel von seiner Scharfsinnigkeit ab? Kann er nicht sogar dadurch weitere Leben retten? Kommissar Schneider wird nicht noch einmal gestört.

Jean-Claude Randersacker erfährt auf dem Seziertisch des Kommissars in dessen Garage ein großes Come-Back. Hier wird er noch einmal gebraucht, und zwar für die Ermittlungen. Kommissar Schneider schneidet den Leichnam in viele dünne Scheiben. Er will so etwas über den Charakter seines Schützlings erfahren. Dies geschieht wie folgt: Jeweils zwei oder drei von den Scheiben kommen gemeinsam mit dem Kommissar und dem Hund in die Badewanne, es erfolgt so eine Art Gedankenübertragung zwischen dem Kommissar und den Scheiben, der Hund wirkt als eine Art Schiedsrichter mit. Er vergibt natürlich keine Punkte, denn das kann ein Hund nicht. Die Frau Kommissar erwischt ihren Mann gerade, als er plitschenaß in der Badewanne steht und mit einem Frotteehandtuch die Scheiben abtrocknet. Der Hund hockt auf der Toilette. »Sag mal, seid Ihr noch gescheit?!« Die Frau ist total sauer! Eben hatte sie das Bad noch gewischt! »Kommt sofort da raus! Alle Drei!!« Sie stampft heftig auf beim Weggehen. Der Kommissar hat ein schlechtes Gewissen. So hat er sie noch nie gekriegt. Jetzt hat er es wahrscheinlich schwer, wieder bei ihr anerkannt zu werden. Er seufzt, als er aus der Wanne steigt. Da faßt er sich an sein Herz! Schon wieder dieser Schmerz in der Herz/Lungen-Gegend! Er taumelt! Rutscht aus! Auf den Scheiben des Jean-Claude Randersacker! Und schlägt der Länge nach hin! Und ist bereits TOT!

Denkt er! Denn es wird schwarz um seine Augen! Ein kleiner Vorgeschmack auf die Begegnung mit Gevatter Tod, also mit Bruder Hein, dem Alten Schnitter, dem Sensemann!!

Der Hund schleppt den Kommissar am Kragen durch den Flur ins Wohnzimmer, wo er von seiner Frau aufgebahrt wird. Sie macht ihm eine leckere Suppe. Davon wird es ihm schnell besser, obwohl die Suppe scheiße schmeckt, denn es ist überhaupt kein Salz drin. Sie sagt aber, es ist gesünder wie mit.

RATIONAL C 28 (upright)

Die schwere Eisentüre schwingt federleicht auf. Bläulicher Lichtschein schwebt in der Luft. Fiebrig steigen unsichtbare Wellen auf dem Velourteppich hoch, zur Decke hinauf. Der Raum ist zirka zwanzig Meter lang, und am Ende geht es rechts rum in einen anderen Raum, den man von hier aus nicht sehen kann. Dieser Raum hier ist auch über zehn Meter breit. Die Fenster sind aus einem Stück Industrieglas gefertigt.

Subjekt Nummer 28 betritt den Raum durch die Eisentüre. Wie durch eine magische Hand an einem Tau gezogen setzt Subjekt Nummer 28 seinen Weg fort und biegt am Ende des Raumes nach rechts ab. Da kommt es um die Ecke. Es ist ca. 60 cm hoch. Man wartet schon auf es.

An einem vierkantigen Klotz, der als Tisch dient, steht ein bisher noch nicht strafrechtlich in Erscheinung getretener Mann mit einer um den Hals gehängten Boa Constrictor. »Guten Tag, Subjekt 28. Hat es vollbracht?« Das Subjekt nickt ohne Worte. »Gut, gut! Für ein Huhn vielleicht ein bißchen zu emsig, ... aber laß!« Er dreht sich um. »Das Subjekt 28 hat vollbracht!« ruft er zur Tapete. Auf der Tapete entwickelt sich fast unmerklich eine geografische Landschaft. Ein paar Punkte leuchten auf. »Wo ist es geschehen?« richtet der Mann seine Frage an das Huhn. »Hier!« Das Huhn zeigt auf eine bestimmte Stelle auf dem Plan. »Gut, gut! Also hier!« Und der Mann bringt einen leuchtenden Punkt an der Stelle an. »Mir tut der Schnabel weh! Und außerdem habe

ich was an den Füßen abbekommen! Hier! Bin ge-
kratzt worden!« Das Huhn zeigt dem Mann seine
zerschundenen Füße. »Na und, du Kanaille?! Was
meinst du, wer du bist!« Der Mann ist wütend. »Du
bist nichts anderes als ein aufrecht gehender Eier-
kacker, dazu rational, Gruppe C! Was willst du
noch!!« Er tritt mit dem Fuße nach dem Tier. Das flat-
tert aufgeregt umher. Es macht schimmerige Häuf-
lein auf den teuren Teppich. Angst. Das Huhn hat
Angst vor diesem Mann. Es ist ihm hörig. Ja, regelrecht verfallen. Der Mann kann mit dem Huhn machen, was er will. Und dazu mißbraucht er das arme
Tier. Er schickt es morden. »Hör zu, Huhn! Laß das
Gescheiße! Geh jetzt ins Bett! Deine Ausbildung hat
mich ein Vermögen gekostet! Und glaube ja nicht,
daß du mir davonkommst! AB! INS BETT!« Mit ausgestrecktem Arm schickt er das Subjekt Nummer 28
ins Bett.
Das Huhn kann nicht schlafen. Es grübelt. Noch bevor der Morgen graut, faßt es den Entschluß. Es will
abhauen!

Der Kommissar Schneider guckt am nächsten Morgen in den Spiegel. Was ihn da anschaut, ist widerlich! Eine gallertartige Masse! Die Augen rutschen
darin schütter hin und her. Ba. Er entschließt sich, in
die Stadt zu gehen, um Medikamente einzukaufen
und noch mal zum Arzt zu gehen, wegen seiner
neuen Krankheit. Als er an der Bushaltestelle sitzt —
denn das Auto kann er wegen der Augen, er kann

heute sehr schlecht sehen, nicht benutzen – sieht er auf der gegenüberliegenden Straßenseite im Gebüsch etwas blitzen. Es muß ein Mensch im Gebüsch versteckt sein. Das, was da aufblitzte, waren zwei Augen. Der Kommissar weiß, daß es auch zwei Blätter sein können, die sich im Wind umdrehen, so daß die silbrige Seite nach vorn zeigt. Und wenn die Sonne draufscheint, kommt dieser Effekt zustande, daß man denkt, es wären zwei Augen. Doch die Sonne scheint heute nicht. Unmerklich und langsam macht sich der Kommissar für den nun zu erledigenden sogenannten »Knieschuß« zurecht. Der Gegner darf nichts davon bemerken. Deshalb muß man es heimlich machen! Also tut der Kommissar so, als wollte er sich eine Zigarette oder so aus seiner Seitentasche zaubern. Ohne zu atmen, bewegt er seinen rechten Arm so an die rechte Schenkelseite, daß er selbst es nicht spürt. Dann ergreift er wie zufällig sein Gewehr. Zum Glück hat er es heute dabei. Es handelt sich hierbei um seinen bislang noch nicht bekannten Heinrichstutzen, ein zwanzigschüssiges, großkalibriges Automatikgewehr, das ununterbrochen schießen kann. Er hat es mal von einem Mann bauen lassen, der es ausschließlich für Kommissar Schneider gemacht hat. Dieses Gewehr hat allerdings den Nachteil, daß es ungeheuer viel wiegt. So muß man schon seine ganze Kraft aufwenden, um einen Knieschuß abzufeuern. Der Knieschuß wird nämlich ausschließlich mit nur einer Hand bewerkstelligt! Eine Detonation zerreißt die Stille um die, die auf den Bus warten. Der Kommissar hat geschossen. Jetzt rennt er über die Straße. Das Ge-

das Huhn

büsch ist nur noch ein Fetzen. Mittendrin liegt... Frau Kommissar Schneider!! Sie lebt noch. Sie macht noch einmal die Augen auf. »Ich wollte gukken, ob der Bus auch pünktlich ist.« Sie atmet schwer und braucht länger, um diesen Satz zu sprechen. Dabei wird sie schnell schlapp. »Einen Krankenwagen! Wo bleibt denn der Krankenwagen?!« Der Kommissar wirft sich mit diesen Worten vor den gerade ankommenden Bus und hält ihn auf. Er legt seine Frau in den Bus und setzt sich selbst ans Steuer. Dann jagt der Bus mit hoher Geschwindigkeit über den Highway. Links und rechts fliegen die übrigen Verkehrsteilnehmer zu allen Seiten. Schnell, ins Krankenhaus! Die Notaufnahme ist zum Glück nicht überfüllt. Der Arzt kommt sehr schnell zur Sache. »Es ist eine Schußwunde. Wir müssen sofort die Kugeln entfernen lassen, es sind mehrere. Schwester Schalkowski! Die Notaufnahmepapiere! Wer hat die?« Der Arzt kann so nichts machen! »Wer hat die Papiere meiner Frau!!« Kommissar Schneider ist sehr aufgeregt. »Es sind ja keine abgegeben worden! Der Mann da kam mit diesem Autobus!« Die Schwesternschülerin zeigt auf den Bus, der vor dem Krankenhaus die jungen, gerade gepflanzten Eichen plattgefahren hat und nun direkt vor dem großen Fenster parkt. »Ja, nein, so kann ich natürlich nichts mehr unternehmen, das verstehen Sie doch! Was sind Sie von Beruf, wenn man mal fragen darf?« Das ist für den Kommissar Schneider zuviel. »Beruf? BERUF? – BERUUUUFFFF!!!!????? HIER – IST – DER – BE – RUUUF!« Mit jeder Silbe zieht der Kommissar dem Arzt tobend vor Wut die Halterung des Feuer-

85

löschers, der zufällig an der Wand hing und zuerst vom Kommissar runtergenommen und in die Ecke geschmissen wurde, durchs Gesicht, links-rechts, links-rechts. Ein Sprung aus dem Stand zu dem in der Ecke liegenden Feuerlöscher, und Kommissar Schneider richtet ihn auf den schreienden Arzt mit den Worten: »Hier, ein bißchen Champagner für dich, du Scheißarzt! Komm mir ja nicht in die Quere!« Er schmeißt den leeren Feuerlöscher schwitzend weg und nimmt den Arzt an der Achselhöhle hoch, dabei packt er ihn fest am Handgelenk. »Los! Operieren Sie schon!« Dabei drückt er den Arzt an die Bahre, auf der seine Frau liegt. Zitternd beginnt der Arzt umgehend mit der schwierigen Operation. So vergeht eine Zeit. »Schneller! Schneller!« Der Kommissar will selber helfen. Er reißt dem Arzt eins von den Skalpellen weg und holt auch ein paar Kugeln aus dem Stück Gesicht heraus, wo die Kugeln eingeschlagen sind. »Du hättest dich nicht an der Bushaltestelle verstecken dürfen! Jetzt haben wir den Salat!« Und mit einer nonchalanten Drehung zu den Schwesternschülerinnen gewandt: »Frauen!« und zuckt mit den Achseln dazu. Es gelingt dem Arzt mit Hilfe seines »Assistenten«, alle Kugeln schnell zu entfernen. Obwohl er kaum was sehen kann, weil er selber stark blutet im Gesicht. Aber da die Szene so derart von Helfen und Helfenwollen erfüllt ist, sind alle Umstehenden bewegt. Sie haben sogar ein paar Tränen in den Augenritzen. Am Ende wird Applaus geklatscht, die Frau hat überlebt und lädt alle ein zu einem Essen, was sie selber kochen will.

Da keiner weiß, wie es schmecken wird und man lieber auf Nummer Sicher gehen will, wird abgelehnt. »Dann machen wir eben etwas anderes!« sagt die Frau und guckt verschmitzt ihren Mann an. Der guckt auch verschmitzt und auch der Arzt. Alle gukken plötzlich verschmitzt. So hat man den Eindruck, sie verstehen sich alle gut. Dazu erklingt aus den versteckten Lautsprechern eine elektronisch aufgepeppte Musik mit einem positiven Touch. Als der Kommissar und seine Frau das Krankenhaus verlassen, winken alle hinter dem großen Fenster. Dann fährt die Kamera hoch, und man sieht das Krankenhaus am Rande der Stadt immer kleiner werden, und endlich steht groß am Himmel geschrieben, wer mitgemacht hat.

So etwa könnte die Geschichte ja jetzt enden. Doch laßt mich noch sagen, wie es weiterging. Also, der Kommissar Schneider hatte mit diesem Fall aus Versehen in ein richtiges Wespennest gegriffen. Es gab viele Menschen, die in diese Sache verwickelt waren. Die außergewöhnliche Gabe, gerade in solchen Fällen die Oberhand zu bewahren, war Kommissar Schneiders Spezialität, wie wir wissen. Warum ich in der Vergangenheit spreche? Weil es nun keinen Kommissar Schneider mehr gibt. Das heißt, er ist über den Fall weg gestorben! Das muß man sich mal vorstellen! Kurz vor dem Abschluß der Ermittlungen. Er hatte eine ganz heiße Spur, er wußte mittlerweile, daß es eine Art Intelligenz geben mußte, die Leute dazu bringt, sich selbst dem Tod zu opfern und dabei Glück zu empfinden. Diejenigen aber, die da nicht richtig mitmachen wollen, holte das Huhn! Der Kommissar wußte natürlich nicht genau, daß es sich wirklich um ein Huhn handelte, aber er war sehr nahe daran, die Identität des Huhnes zu entdecken. Durch die Scheiben von Jean-Claude Randersacker wurde er auf eine Intelligenz aufmerksam gemacht, die anders geartet war als der Mensch. Und die Reste der Hühnertatze belegten dies deutlich. Ja, ein Huhn, ein Kampfhuhn sozusagen! Doch wer oder WAS (denn es handelte sich wohl um eine dritte Intelligenz) war das Initiat? Und so wurde der Kommissar durch den Tod von Jean-Claude Randersacker praktisch zum Herd des Verbrechens geführt. Nach dem zum Glück glimpflich ausgegangenen Unfall mit seiner Frau saß der Kommissar in seinem Büro im Präsidium. Zum hundertsten Male ließ er das Video des Mannes, der von dem Hund zerrissen wurde, auf dem Fernseher abspielen. Er saß wie der Ochs vorm Berg und konnte es bald nicht mehr sehen. Und wieder ließ er es laufen. Ein Telefonanruf ließ ihn zusammenfahren. »Kommissariat! Was ist?« Am anderen Ende beklagte sich jemand, daß in seiner Einfahrt, die er sich gemeinsam mit einem anderen teilen muß, immer Hühnerkacke liegt. Der Mann klang aufgebracht. Der Kommissar Schneider schenkte ihm keine Beachtung und legte dann irgendwann auf, als der Typ verlangte, daß die Polizei da mal nach dem Rechten gucken solle. Was bildet der sich denn ein, ich bin doch nicht deren Hajopei, ich bin Kommissar Schneider!, dachte der Kommissar genervt. Der Tag brachte nichts weiter Besonderes, auch Fräulein M. Martin hatte keinen Bock, mit dem Kom-

88

missar zu ficken in dessen Büro, der Kommissar
hatte es mittags kurz angeregt; so verließ der Kommissar Schneider am Abend unverrichteter Dinge
das Präsidium. Ein blauer Capri fiel ihm nicht auf, der
langsam hinter ihm herfuhr, hinter dem Kommissar,
der heute zu Fuß da war, weil sein Auto wieder kaputt war, oder besser gesagt immer noch. Der Kommissar ging hinter der ersten Laterne in einen Feld-
weg rein, so konnte der Capri nicht folgen. Zuhause
angekommen, dachte der Kommissar: Was war das
denn da für ein Auto? Das fällt mir ja jetzt erst auf! Er
dachte bis spät nachts noch öfter an das blaue Auto,
auch als er mit seiner Frau beim Essen saß und auch
nachher, als sie Fernseh guckten. Die Frau Kommissar war fasziniert von ihren Blumen, die nun auf der
Fensterbank ihre gesamte Blütenpracht zeigten,
denn der Frühling kam mit Riesenschritten.
Im Traum erschien dem Kommissar ein Elch mit
einem dumpf nach hinten gekämmten Geweih. Sa-
frangelbe Kuppen aus Hirschleder gehörten dazu.
Um nicht beim Äsen gestört zu werden, trug der Elch
gothische Kampfmandeln aus Paluzybhien-Zucker.
Ringsherum flocht ein ubisches Känguruh einen Ring
aus Stiefmütterchen. Das Hell des Himmels ging
über in ein umbraisches Rododronth. Kaum wahr-
nehmbare Schritte trennten das Tier von seinem
Feind, dem Rauh-Hasen. Er war zwar wesentlich
kleiner, jedoch in der Manier des Kampfes erheb-
lich erfahrener. Dazu kam, daß er sich niederlegte
bei Schlafe und dadurch mehr Kraft für den Tages-
ablauf sammelte. Der Elch dagegen war Tag und
Nacht auf den Beinen. Nun geschah es aber, daß ein

Quastenflosser im Teich hochsprang und der Hase für einen Moment lang abgelenkt war! Schwupp, legte der Elch seinen Mantel auf links und vertüterte sich darin. Er fiel der Länge nach hin und bereitete sich jenseits des Teiches in einem dunkel stinkendem Sumpfloch ein Grab. Der Rauh-Hase lachte mit gefletschten Zähnen. Er schaute hinauf, denn der Himmel verfinsterte sich zu einem abgeschlossenen Karton aus Heraklit. In dieser Finsternis bemühte sich der Hase um sein Äußeres. Kein anderes Tier im Wald pflegte sich so ausgiebig. Er stand meist eine geschlagene Stunde vor dem Spiegel, ja sogar noch länger! Und er parfümierte sich mit einer zentimeterdicken Schicht von teuerstem Parfüm. Dazu hatte er ungeheure »Schrankprobleme«, er fand nie die geeignete Kleidung. Der Kommissar wurde jäh von einem nicht genau zu deutenden Geräusch wach. Da stand doch tatsächlich seine Frau neben ihm und machte sich chic. »Helge! Aufstehen! Es ist schon spät!«

Ein Finger drückt auf die Klingel. Die Frau, der der Finger gehört, ist die Nachbarin des Mannes, der neulich bei der Polizei angerufen hat, um zu sagen, daß Hühnerkacke in der gemeinsamen Einfahrt ist. Die Frau wohnt zwei Häuser weiter, doch der Geruch der Kacke ist ihr unangenehm, deshalb will sie heute mal Krach schlagen. Sie ist aufgebracht. Von Hause aus eher schüchtern, öffnet der Mann die Tür. »Was wollen Sie?« »Ich beschwere mich hiermit über die anfallende Hühnerkacke in Ihrer Einfahrt! Das ist eine Zumutung für eine ältere Bürgerin, denken Sie daran, Sie Schwein!« Mit diesen Worten haut sie den armen Mann mit einer Papiertüte. »Was wollen Sie eigentlich? Ich kann doch nichts dafür! Gehen Sie zu dem da!« Der Mann zeigt auf das gegenüberliegende Haus. »Gut, dann gehe ich eben da hin! Auf Nimmerwiedersehen!« Der Mann ist froh, daß diese Frau jetzt weg ist. Er geht in seine Küche und setzt sich erst mal hin. Er ist ja noch im Schlafanzug, das ist ihm gar nicht aufgefallen, eben. Hoffentlich hat ihn keiner gesehen. Schnell, ein Bier aus dem Kühlschrank, er hat jetzt Durst. Schluck, Schluck, Schluck. Dieser Mann trinkt viel, er muß immer Bier trinken. Er schwitzt schon beim ersten Schluck und ist auch sofort besoffen. Hoffentlich merkt man das nicht auf seiner Arbeitsstelle, er ist Musiker in einem Orchester. Der Orchesterchef hat neulich schon gesagt: »Wenn ich Sie noch einmal erwische, fliegen Sie raus!« Das hat gesessen. Trotzdem hat der Mann Durst. Torkelnd schleppt er sich zur Couch und macht es sich gemütlich. Heute wird erst abends gearbeitet. In der Oper wird etwas uraufgeführt. Der Mann weiß gar nicht, was. Er spielt Streichbaß, da fällt das ja keinem auf, wenn er nur so da drauf rumgeigt. Ihm ist sowieso alles egal. Hauptsache, man deckt seine Existenz nicht ganz auf.

»Sind Sie das da mit der Hühnerkacke!?« Die Frau steht im Eingang des Hauses und will sich vor dem Hausbesitzer gegenüber ein wenig produzieren, läßt aber diesmal die Schläge mit der Papiertasche

weg. »Scheren Sie sich zum Teufel!« Der Mann sieht aus, als hätte er einen Harzer Roller und eine Portion Quark als Eltern. Und um ihn herrscht ein Geruch, als wenn er niemals das Haus verläßt. Er trägt einen Jersey-Anzug, hellblau-verwaschen, an den Knien und Ellenbogen ausgebeult. Die Frau will ins Haus gehen. »Mal sehen, wie es hier aussieht. Ich bin von Natur aus neugierig. Was ist denn das da! DA IST JA DAS HUHN!« Die Frau hat das Huhn entdeckt, das übrigens gerade von zu Hause abhauen wollte, es hatte ja vorgestern schon daran gedacht, es nun zu tun. »Komm mal her Du! Da haben wir ja den Übeltäter!« Die Frau will sich das Huhn schnappen, da schießt das Huhn wie ein Tennisball erst in die nächste Ecke, um dann wie von der Feder geschnellt zurück auf die verdutzte Frau zu jagen. Geistesgegenwärtig bückt sich die Frau aber, und das Huhn fliegt über sie hinweg und verhackt sich in dem Mann, der vor Schmerzen aufschreit. Die Frau flüchtet mit Riesenschritten aus dem Haus. Dabei beben ihre Lippen!
Draußen auf der Straße ist sie verstört, sie rennt in eine Richtung. Ich muß die Bullen holen, ich muß die Bullen holen!, sagt sie unaufhörlich zu sich selbst.

Durch diesen dummen Zufall bekommt die Polizei Nachricht von einem Huhn, das sich auf Menschen stürzt. Nur, diese Nachricht dringt leider nicht bis zu Kommissar Schneider durch! Daher tappt er weiterhin im dunkeln.

»Wie spät haben wir?« Der Kommissar guckt die Hauptwachtmeisterin Monika M. fragend an. Sie liegen auf der modischen Liege bei ihr. Das Aquarium verströmt eine gewisse Ruhe durch das stetige Tröpfeln der Pumpe.

»Viertel nach sieben! Ich mach mal Fernsehen an!« Der Fernseher steht auf dem Tisch mitten im Raum. Er soll das Zentrum sein, worum alle sich aufhalten und gucken. Nur, diese Frau hat ausschließlich nur Kommissar Schneider zu Besuch. Dieser richtet sich auf der Couch hoch. »Mach das Fenster auf, ich habe gefurzt, Schatz!« Schnell ist sie aufgestanden und öffnet in Windeseile das Fenster. Sie weiß wohl schon Bescheid, wie doll das stinkt, wenn der Starkommissar pupst! Na ja, egal, davon wollen wir wohl lieber nicht sprechen. Es gibt eine Sendung im Fernsehen, die sie beide noch nie gesehen haben. Sie ist wenig interessant. Umschalten. Sie hat die Fernbedienung. Er kann das nicht bedienen. Zu blöd. Das muß man sich mal vorstellen! Der Kommissar Schneider! Zu blöd, um einen Fernseher zu bedienen! Na ja, egal, darüber wollen wir wohl hier nicht sprechen. Und nun zu dem Ablauf der Dinge, die sich jetzt unvorhergesehenermaßen ereignen: »Mir dreht sich auf einmal alles.« Monika M. wird schwarz vor Augen. »Was ist nur mit mir los?« Sie taumelt und fällt rückwärts auf den Flokatiteppich. Der Kommissar Schneider beugt sich über sie. »Machen Sie keinen Quatsch, was ist mit Ihnen?!« Er hält ihre linke Hand hoch. Plötzlich zuckt sie rhythmisch vor sich hin! Dem Kommissar stehen die Haare zu Berge. »Ist es vielleicht eine Art Haschanfall?«

Schmunzelnd nickt Monika M. für einen Moment ein. »Ja – was – aber« der Kommissar guckt in die Luft, und zwar fragend mit hochgezogenen Augenbrauen! Doch da geschieht es: sie bekommt ein Kind von ihm! Nie haben sie so richtig aufgepaßt, was Verhütung angeht. Und der Preis dafür stolziert nun aus Monika M. lustig und vergnügt heraus. Es ist ein Junge. »Das kann doch wohl nicht wahr sein! Wer ist denn das?!« Der Kommissar ist verblüfft. »Ich habe meine Tage nicht mehr bekommen, aber daß es so wird, daran habe ich nicht gedacht!« Monika M. ist verlegen. »Mir fällt nur der Name ›Wandersmann‹ ein. Jetzt du!« Monika M. muß nicht lange überlegen. »Flasche Bier!« – »Ja! Das ist ein guter Name! Flasche Bier! Den kann ich mir merken!« Und sie sind für einen Moment lang froh und von der Alltagswelt entfernt. Das kleine Kind sitzt in der Ecke und spielt mit Bauklötzchen, die es sich selber mitgebracht hat. Es baut eine Carrera-Bahn zusammen und liest nebenbei eine Fibel, und zwar seine erste. Tja, ein Kind von Kommissar Schneider muß schlau sein, das ist schon mal klar. Und: es kann später in seine Fußstapfen treten, wenn er mal nicht mehr ist!

Warum der Kommissar Schneider gerne seine Arbeit tut? Er hat dazu nur eine einzige Begründung: Jemand MUSS es tun! Mit seinem nun endlich aus der Autowerkstatt geholten nagelneuen Sportliner cruised er, den linken Arm auf der Tür aufgelehnt, durch die Straßen. Er fährt langsam, da kann er sich

die Typen genau ansehen, die an den Straßenecken
Stoff verkaufen. War das nicht Caloderma-Johnson,
der ehemalige Mafioso? Und an der nächsten Ecke,
der fiese, grauäugige Italiener, war das nicht sogar
Silberplatten-Gehörnter, der Typ, dem seine Frau
abgehauen war und dem aufgrund eines Flugun-
falls, er war früher Jägerpilot gewesen, die halbe
Schädeldecke fehlte? Der Kommissar dachte an die
Pein, sich eine neue Schädeldecke aus Silber ein-
meißeln zu lassen. Furchtbar. Nicht sein Ding, wie
die Typen hier sich so auszudrücken pflegen. Da
stand ein Farbiger mit einer glitzernden Hot-Pant
und versuchte, so zu reden wie Willi Brandt. (Ein
Politiker, der mal vor langer Zeit in einem Land, das
Deutschland hieß, Erfolge feierte, aber dann abge-
treten ist, weil er niemandem zur Last fallen wollte.)
»Hey! Hotte! Wie gehts dir!?« Ein nach Geld rie-
chender Typ mit einer irre langen Nase sprach den
Neger an. »Hey, gut, Kumpel! Willst du eine Nuß?«
»Na klar, gib mir ne Nuß, Alter!«, und der Farbige
gab dem Typen eine unheimliche Nuß. »Aua! Bist du
bekloppt, Mann!? Was soll das, du Frettchen!« Der
Neger lachte sich kaputt. Da fing der andere auch
an zu kichern. Beide waren high. Mit diesen Typen
wollte der Kommissar Schneider irgend ein anderes
Mal Schlitten fahren, das war schon mal klar! Doch
jetzt hatte er keine Zeit. Er fahndete nach einem
Huhn. Ob es sich wohl hier in dieser Straße auf-
hielt?
Mit leicht aufgeheizten Reifen bog er in die kleine
Gasse ein. Ein paar Meter noch bis zu dem kleinen
Grundstück, wo sich ihm ein Bild des Schreckens

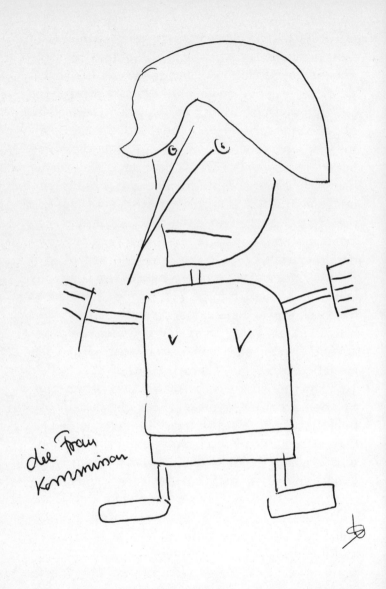

bot. Hier sträubt sich die Feder, fortzufahren. In einer Kiefer, deren Stamm mannsdick war, lag waagerecht eingeklemmt ein Mensch, und zwar hatte man die Kiefer in Schulterhöhe mittendrin mit einer Axt gespalten, so daß ein Mensch hineinpaßte. Dann hatte man den Unglücklichen da hinein verfrachtet und dazu die Öffnung mit Holzkeilen vergrößert, die man nachher, als der Mensch da hinein geschoben worden war, wieder entfernte! Das kannte man bisher nur aus einer Erzählung von Karl May, dem Deutschen, dessen Freund Winnetou war. Unglaublich, daß diese Art der Folter nun hier wieder auftauchte, wo das doch Indianersache war! Der Kommissar latschte in die Bremse und warf sich aus dem Auto, um eventuell noch was zu retten, was zu retten war. Doch – zu spät! Ein leises Wimmern drang an sein Ohr, das er in die Richtung der Kiefer hielt. Da war keine Entschuldigung oder so was zu hören von dem Gast, der da im Baum hing.

»Hier gibt es nichts zu sehen, Leute! Geht nach Hause!« Ein Lautsprecher drang an die Ohren der Leute, die sich im Nu an der kleinen Straße versammelt hatten. Kommissar Schneider hatte sofort das Präsidium informiert. Das war sonst nicht seine Art. Aber heute war er irgendwie so schlaff, er konnte diese Sache nicht richtig einordnen. Lieber bequemte er sich zu seinem Büro und ließ Fünf gerade sein. Sollten doch die einfachen Polizisten sich um die Kleinigkeit kümmern. Das hatte mit Sicherheit nichts mit seinem Fall zu tun, seinem letzten Fall überhaupt, das wissen wir bereits, wegen dem Titel.

Die Frau Kommissar Schneider ist angespannt. Ob sie von der Geburt des Kindes der Monika M. erfahren hat? Kommissar Schneider hat nichts erzählt. Er hat mit der Trinkerei angefangen! Schon sind Pusteln und eitrige Pickel Stammgäste auf seiner Gesichtshaut. Auch raucht er jetzt wie ein Schlot. Wo doch gerade er als Vorbild für die Jugend dienen wollte! Der Fall »scharlachrotes Kampfhuhn« ist wohl ein Häppchen zu schwierig für solch einen einfachen Menschen, wie es der Kommissar immer zu sein pflegt. Das macht ihn in vielen Sachen sympathisch, in letzter Zeit hat er das Gefühl, es wird nichts mehr mit ihm. Gevatter Tod, kommst du?

Salzige Gischt spritzt der Frau Kommissar ins Gesicht, sie schüttelt wild ihre Haare. Der Kommissar sitzt zusammengekauert im hinteren Bereich des Schnellbootes, das durch die hohen Wellen zischt. Schneiders haben einen letzten Urlaub in der südlichen Hälfte der Erde anberaumt. Die Osterinseln waren sehr interessant. Vor allen Dingen die großen Statuen haben auf den Kommissar Eindruck gemacht. Doch auch hier läßt ihn der Fall nicht los. – Er hat schon weiße Haare bekommen, wegen der totalen Unwissenheit, in der er sich bewegt. Wenn er doch nur so fit wäre wie früher! Im Grunde genommen ist der Fall einfach angesiedelt. Eine Sekte muß es sein, die ihr Unwesen treibt und unschuldige Menschen mitreißt in das Verderben. Doch Kommissar Schneider ist irgendwie total verändert, er macht nur noch merkwürdige Sachen! Zum Beispiel dreht er sich dauernd im Kreis und wirft seine Arme zur Seite. Was soll das? Arbeitet so ein richtiger Kommissar? Seine Leute, die sonst Angst vor ihm haben, lachen nun über ihn! Ja, er hat sogar den Dienstausweis weggenommen bekommen! Sie haben bemerkt, daß was nicht in Ordnung ist mit ihm. So haben sie ihm gesagt, der Ausweis muß im Computer nachgelesen werden. Und wenn der Kommissar Schneider »Computer« hört, denkt er, das ist wichtig, und gibt ohne zu zaudern seinen wertvollen Dienstausweis ab. Er ist, obwohl man ihn als totalen Superkommissar kennt, obrigkeitshörig!

Ein Reiher fliegt über das Boot, macht eine Kehrtwendung und sieht sich den Kommissar noch einmal von der Nähe an. Lachend dreht er bei und verschwindet.

»Jetzt sind wir schon vier Wochen hier in Lanzarote, Helge. Ich habe bald keine Lust mehr, Urlaub zu machen. Wann fahren wir denn wieder nach Hause?«
Der Kommissar antwortet nicht. Er guckt geistlos über die See. Die grauen Lavafelsen haben einen tiefen Eindruck auf der Seele des Kommissars hinterlassen. Der Kommissar und seine Frau liegen immer nur am Strand. Ein Fischer hat sich neulich an die Frau rangemacht, ohne daß der Kommissar es merkte. Jetzt treffen sie sich immer heimlich, nachdem der Strandtag um ist und der Kommissar müde auf seinem Hotelbett liegt und Kreuzworträtsel

macht. Eines Nachts gesteht der Fischer ihr seine Liebe, doch die Frau Kommissar Schneider will ihn nur ausnutzen, sie hat einfach nur dieses Gefühl gerne, das das Salz auf ihrer Haut macht, nach dem Schwimmen. »Salz auf unserer Haut!« sagt sie zu dem Fischer, das ist das einzige, was er versteht, und dann ist er ganz froh darüber, daß er nur ein einfacher Fischer bleibt. Nachher bringt er sich um, doch die Frau Kommissar erfährt davon nichts. Er war ihr ja sogar nach Hause nachgereist, nach Deutschland! Gucken, wie sie so lebt! Aber er hat sich nicht getraut zu schellen.

»Mit dem Aschenbecher erschlagen! Das kann..., Das gibt es doch gar nicht! Das ist ja unglaublich langweilig! Meinen Sie, das interessiert mich überhaupt, Sie Lackaffe, Sie?! Verlassen Sie mein Büro! Sie Spinner!« Kommissar Schneider ist völlig mies drauf. Der Urlaub hat ihm zwar gutgetan, doch wenn man direkt am ersten Arbeitstag noch ein bißchen sinnieren will, kommt schon in den ersten Minuten seiner Arbeitszeit ein Kerl, dessen Oma von irgendeinem hergelaufenen Spaßmacher mit einem Aschenbecher abserviert wurde. Das ist für den Kommissar ein Fall, den ein Sextaner lösen kann. »Herr Kommissar, hören Sie mir doch erst mal zu! Meine Oma wollte zu Ihnen! Verstehen Sie doch! Und dann hat das jemand mitbekommen, und dann... hier ist der Aschenbecher!« Er knallt ihn auf den Schreibtisch. Ein Plastikteil mit einer Werbebanderole drum, in dem man drei Zigaretten liegenlassen kann. »Hören Sie, das ist ja schön und gut, was Sie mir da alles erzählen, aber was sollte Ihre

Oma wohl bei mir wollen, außer mit mir in Kontakt treten wollen?« – »Nein, so ist es nicht! Meine Oma ist keine so eine, wie Sie denken! Sie ist eine Ehrenperson!« Der Kommissar denkt sich seinen Teil. »Ehrenperson mit Hausschlappen! Sie ist doch in Hausschlappen rumgelaufen, stimmt es?« (Der Kommissar überlegt, ob er seinen Schürhaken aus dem Ofen ziehen soll und der widerlichen, fetten Petzliese eins damit durch die Visage ziehen will. Aber er läßt ihn noch.) »Also, wann haben Sie Ihre... Ihre Großmutter gefunden?« Der Mann erzählt dem Kommissar die ganze Begebenheit. Er meinte sogar, den Täter gesehen zu haben. Er benutzte auch das Wort Täter. Das gefiel dem Kommissar nicht. »Also, junger Mann, ein für alle Male: Hier in diesem Raum nenne nur ich jemanden ›Täter‹, haben Sie kapiert?! Für Sie (der Kommissar drückt dem Mann mit ausgestrecktem Arm den Zeigefinger auf die Nase, dazu muß er ein wenig aus seinem Sessel hoch) ist erst mal jede Person unverdächtig! Also, ich! Ich! Ich! WEITER!!« – »Der Tä...« Klatsch, dem Kommissar ist die Hand ausgerutscht! »Der... Mann, also, der Mann ist schnell weggerannt, als ich dazukam. Er hatte einen Pferdeschwanz und war sehr modisch gekleidet. Mehr weiß ich nicht.« Hm, der Kommissar stützt sein Kinn in der rechten Hand ab. »Trug der Mann auch vielleicht eine Sonnenbrille und fotografierte er sich dabei mit Selbstauslöser?« Der Kommissar strotzt von Schläue auf einmal. »Ja! Genau! Woher wissen Sie das, Herr Kommissar?!« Der Kommissar schmunzelt in sich rein. »Dann kann es sich nur um einen Menschen auf der Welt handeln. Ich weiß nur noch nicht, um welchen. So, gehen Sie jetzt, ich nehme mich des Falles an. Die Gründe hierfür werde ich Ihnen ja wohl kaum anvertrauen. Auf Wiedersehen!« Er schickt den Mann raus. Natürlich, dies hat sicherlich was mit dem Fall Scharlachrotes Kampfhuhn zu tun.

Und tatsächlich! Es gibt eine Parallele! Der Mann mit dem Zopf ist hinter der Oma hergewesen, weil sie einen Sender eingebaut hatte! Der Mann mit dem Zopf war auf unglückliche Weise zum Mörder geworden, er wollte es gar nicht. Nur hatte er am Mittag ein halbes Hähnchen gegessen an einem Haus, dessen Besitzer draußen im Vorgarten saß und ein Schild aufgestellt hatte: »Heute Frisches Hähnchen! Knusprig! Billig!« Und so aß der Mann mit dem Zopf zufällig das Kampfhuhn auf! Der Chef von dem Huhn hatte es geschlachtet, weil es ein Risiko geworden war. Und so schluckte der Mann mit dem Zopf dummerweise den Aggressor-Code-Sender, der dann auch losging. Die Oma hatte einen Herzschrittmacher drin, der Code-Sender hat sich vertan, er dachte, es wäre der bekannte Sender, der schon etlichen Leuten den Tod in Form eines Huhnes oder auch andere Sachen gebracht hat.

Kommissar Schneider ist nun doch interessiert. Er geht zum Schrank und sucht das Ersatzblaulicht raus. »Hier war es doch neulich noch!« Er findet es gar nicht. Deshalb geht er rüber zu dem Wachtmeister nebenan. Doch was muß er mit ansehen, als er die Tür zu dem kleinen Zimmerchen öffnet und bereits im Begriff ist, hineinzugehen? Das Zimmer ist vollkommen mit Blut übersät! An den Wänden, auf dem Fußboden, an der Decke, rundherum fließt Blut! Der Kommissar denkt, er spinnt oder so, aber als er mit einer schlanken Fingerspitze ein bißchen Blut aufnimmt und es schmeckt, weiß er, daß es sich wirklich um Blut handelt. Was ist hier geschehen? Das Zimmer ist leer. Da! Schleifspuren, die durch das Fenster zu gehen scheinen. Doch das Fenster ist zu. Schnell kombiniert der Kommissar, daß das Fenster ja nur von innen zugemacht werden kann. Also hat es jemand geschlossen, nachdem der Leichnam durch das Fenster gehoben worden war. Oder war er noch nicht tot? Und ist es denn möglich, daß es überhaupt nicht der Wachtmeister war, der hier ermordet wurde? Und ist denn jemand ermordet worden, oder hat sich vielleicht etwas Banaleres hier abgespielt? Vielleicht hat sich der hier diensthabende Wachtmeister aus Versehen in die Hand geschnitten und ist vor Schreck aus dem Fenster gesprungen, um dann wieder von außen hier hereinzukommen, weiterzuarbeiten und kurz vor Feierabend das Fenster zu schließen. Dann kann man aber auch gefälligst sauber machen! »Schweinerei!« Der Kommissar geht erbost auf den Flur und bewegt sich ins nächste Zimmer. Doch was für eine Pein überkommt ihn, als es im nächsten Zimmer genauso aussieht! Und im übernächsten auch! Der Kommissar jagt durch den ganzen Bau und findet fast jedes Zimmer in gleichem Zustand vor! Außer das Zimmer, in dem er sich bis vor kurzem mit Moni-

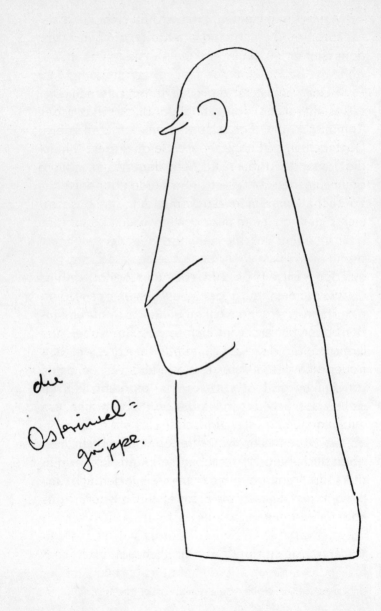

die Osterinsel-grüppe.

ka M. traf. In diesem Zimmer sträubt sich die Feder fortzufahren: eine manndicke Kiefer, die genau vor dem Zimmerfenster im Hof steht, ist in zirka ein Meter Höhe gespalten. Und in diesem Spalt steckt ... ein Mensch! Er ist mit dem Unterleib da einfach reingesteckt worden! Mit schnellem Blick erkennt der Kommissar am Boden daneben Indianerfedern. Doch das eigentlich Verheerende an diesem Bild ist die Tatsache, daß es sich bei dem Mann in dem Baum um den Kommissar Schneider handelt! Ja! Wirklich! Der Kommissar traut der Sache sofort nicht. Er guckt einmal kurz weg, weil er denkt, er hätte ein Déjà-vu*, dann wird er plötzlich eisenhart und unerschrocken. Er läuft über die große Treppe aus dem Polizeipräsidium raus und kommt so hintenrum auf den Hof, in dem die Akazien ihre Kugeln zum Himmel strecken, um zu blühen. Es ist Frühling. Die Sonne schleicht im Schneckentempo über das Firmament, und ein paar Gefiederte in großer Höhe freuen sich des Lebens als Vogel. Sie wissen nichts von dem, was sich gerade auf der Erde abspielt, sie wollen es auch gar nicht wissen. Hauptsache, sie haben genug zu essen, und deshalb sind sie wieder da, sie waren über Winter im Süden. Manche von ihnen sind bis nach Australien geflogen. Dort haben sie Nahrung aufgenommen und teilweise auch Kinder gekriegt. Diese Kinder sind heute mit zurückgeflogen. Sie denken insgeheim bei sich: Hoffentlich fliegen wir bald wieder zurück, es ist hier so viel Beton. Und das soll auch ein deutliches Zeichen sein

---

* nochmaliges Seherlebnis, schon einmal erlebt. (Psychisch)

gegen Beton! Auf jeden Fall, eins ist sicher: der Kommissar Schneider ist in diesem Fall vollkommen überlastet. Warum aber hilft ihm keiner von seiner Abteilung! Hier ist die Antwort: Kommissar Schneider ist zu stolz für so etwas. Er ist ja auch jahrelang als der beste Kommissar der Welt anerkannt worden. Und er ist es ja auch noch. Aber hat nicht auch ein Kommissar dieser Fasson seine Grenzen? Hier ist die klare Antwort: Nein! Dieser Mensch hat keine Grenze.

Er schaut sich den Fall von der Nähe an. Und als er zu dem Baum kommt, in dem der Unglückliche eingequetscht ist, sieht er, daß sie wohl Keile in den Baum geschlagen hatten und sie dann später, als er da drin war, wieder rausgezogen haben. Was für eine grauenvolle Art und Weise, jemanden umzubringen. Indianermethode. Ob es hier Indianer gibt? Der Kommissar dreht sich um. Nein, wahrscheinlich will das jemand den Indianern in die Schuhe schieben. Da spricht der arme Tropf im Baum: »Hu..blg.rrrrhgffzzzzzz6,406 = zwrrr...« und weiter kommt er nicht. »SPRECHEN SIE DEUTLICH!« Der Kommissar legt sein Ohr ganz nah an seinen Mund und ermuntert ihn, mit ihm zu reden. »Mir geht...es.....n..ch.t...gu..« der Kommissar hat verstanden. »Ja! Ich habe verstanden!« und nickt mit großen Augen. »DAS GLAUB ICH! SIE SEHEN AUCH, WAS MAN MIT IHNEN GEMACHT HAT! HABEN SIE GESEHEN; WER ES...« Der Mann versteht nicht und verdreht qualvoll die Augen. »ICH SAGTE: HABEN SIE!« Er zeigt mit dem Zeigefinger auf ihn, doch da stirbt der Mann. Und tatsächlich, er sieht total aus wie Kommissar Schneider. Der Kommissar durchsucht seine Jacke. Und da ist doch tatsächlich ein Ausweis vorhanden mit dem Namen Schneider, Beruf: Polyp! Alle Daten stimmen mit Kommissar Schneiders Daten überein! Plötzlich geht am Ende des Platzes, auf dem die Akazien stehen, eine imaginäre Tür auf, und ein Mann mit einem silbernen Bart und einem goldenen Rock kommt daher! Er hat seine Arme ausgebreitet. »Guten Tag, Herr Kommissar! Mein Name ist Petrus! Willkommen in meinem Wonderland! Hier gehts lang!« Und er will, daß ihn der Kommissar begleitet! Der Kommissar Schneider denkt: Neeeeeeeeee, laß mal! Und hüpft seitwärts aus dem Lichtstrahl, den die imaginäre Tür gemacht hat. Ein paar schnelle Schritte, und er ist wieder auf der Straße. Jetzt noch mal rein ins Präsidium und überprüfen, ob die Schmierereien noch da in den Zimmern sind. Sie sind weg! Alle Kollegen sind an den Schreibmaschinen und tippen laut und exzessiv darauf herum. Der Kommissar schaut aus dem Fenster. Kein Baum mit einem eingequetschten Mann zu sehen. Na ja, alles Einbildung war das aber nicht, denkt der Kommissar und lächelt. Er ist ein wenig froh darüber, daß er nicht mit dem Silberbärtigen gegangen ist, denn das war bestimmt nicht der, für den er sich ausgegeben hatte.

Westlich von Santa Fé liegt versteckt ein kleines Städtchen, genannt: Dead Throuthers. In dieses Nest hat sich der Drahtzieher der gesamten Verbrechen zurückgezogen, die mit dem Fall Scharlachrotes Kampfhuhn zu tun hatten. Von hier aus will er weiterhin, diesmal nur mit seiner Geisteskraft, die Welt schikanieren und Menschen wie Tiere in den Tod schicken. Also ein telepathischer Superkrimineller. Mit der Telepathie hatte er ja schon angefangen, als er den Leuten zusätzlich zu der Todessehnsucht auch noch ein schmales Grinsen aufoktruiert hatte, wenn sie in den Tod gingen. Wir erinnern uns zum Beispiel an Hoirkman Szeßht oder den, der von dem Hund zerfleischt wurde. Nun von hier aus die erweiterte Methode, nämlich Todessehnsucht, schmales Grinsen und als Leckerbissen vorher all sein Geld verschenken und in einem Tanzlokal Rumba tanzen, dabei die Haare zurückwerfen und ausrufen: »Calamares Caldo!« Aber noch toller kam sich der Typ jetzt vor, weil er nämlich dem Mann, der seine Verbrechen untersuchte, Kommissar Schneider, einen Brief geschrieben hatte, in dem er weitere Taten diesbezüglich ankündigte und den Kommissar als törichten Schwätzer und als nicht mehr so gut wie früher bezichtigte. Dieser Brief kam mit der Post. Die Frau Kommissar Schneider nahm ihn von dem langbeinigen Briefträger entgegen. »Danke, Briefträger! Auf Wiedersehen!« Der Briefträger schlurfte weiter zum nächsten Häuschen. »Post für den Tiger!« Die Frau kam mit dem Brief in das Schlafzimmer gegangen. »Wer schreibt?« Der Kommissar hatte noch Schlaf in den Augen. »Ein gewisser Herr Langsmethanromp aus Amerika! Was für eine tolle Briefmarke.« Die Marke war wirklich toll. Aber nicht nur das, sie verströmte auch einen besonders eigenartigen Geruch. Der Kommissar hatte diesen Geruch sofort in der Nase. Er sprang aus dem Bett und riß seiner Frau den Brief aus der Hand. »Gib!« Er riß ihn noch nicht auf, sondern schmiß ihn erst in eine weiter entfernt liegende Ecke. Da explodierte der Brief! »Siehst du, Ursula? Ich roch den Sprengstoff! Wenn du ihn geöffnet hättest, wäre nichts passiert, das Zeug ist auf meine Duftnote geeicht. Sagenhaft! Man kann die einzelnen Zutaten heutzutage in jeder Apotheke kaufen! Was sagst du dazu?« Die Frau guckt verschämt weg. Sie kriecht dann zu den Papierfetzen hin und sucht ein paar Schnipsel zusammen. »Eine gute Idee, gib her, ich will die Schnipsel zurückrecherchieren und zunächst zusammenkleben, bevor ich den gesamten Brief dann lesen kann.« Am Abend kann der Kommissar die Schrift lesen. Der Inhalt ist folgendermaßen: ... «Herzlichen Glückwunsch, Kommissar Schneider! Sie haben tatsächlich genau so reagiert, wie man es sich bei einem echten Polizeioffizier vorstellt. Ich habe den Brief in ein Spezialgemisch getaucht, das sie sehr wohl wiedererkannt haben. Es handelt sich um Sirup aus einer Unterarmdrüse Ihrer Konkubinin Frau Monika M. Na, was sagen sie nun? Und jetzt meine Ankündigung für das kommende Geschäftsjahr: Es wird Opfer geben ohne Zahl. Sie werden sich mit einer Methode selbst zerstören, die ich nur Ihnen verraten werde. Kommen Sie dafür auf meine Yacht in der Bucht von Quarz-Hausen. Vergessen Sie die Kippen nicht. Einen Termin hätte ich für Sie am 32. 6. um 14 Uhr dreißig. Hochachtungsvoll: Harkpabst Langsmethanromp.

»Da muß ich hin! Ich nehm den Hund mit, da kann er sich noch was austoben! Tschüß!« – »Tschüß!« Sie verabschieden sich kurz, und der Kommissar holt eben den Hund aus dem Schlafzimmer. Er hat die Schlappen vom Kommissar an und guckt in einem Fotoalbum Bilder vom Kommissar, als er ein Kind war. »Schnell! Zieh dich an! Wir müssen weg!« Der Hund springt auf und macht sich fertig. Ein paar Striche Kajal über den Augenlidern lassen ihn nicht mehr so tolpatschig aussehen, und er macht sich noch die Lippen zurecht. Mark Astor Nummer 73, ein Lippenstift aus den achtziger Jahren von seiner Mutter. »Komm, beeil dich doch, du blöder Köter! Das ist hier keine Modenschau!« Und der Kommissar haut dem Tier mit der Leine eins über den Rükken. Der Hund kommt langsam in die Gänge. Er will es aber in Englisch hören, deshalb sagt der Kommissar laut zu ihm: »Come on, get busy, you ugly Motherfucker, you bloody Shit of a Dog, you Skunk!« Das hat er gerne, und hops ist er schon im Auto. Gas gegeben und ab zum Flugplatz, wo eine Sondermaschine auf den ~~Papst~~ äh Kommissar wartet.

Sie sitzen in der Businessclass, was immer das auch heißen mag. Der Hund trinkt ein Gläschen Sekt und nickt ein. Kommissar Schneider hat noch Arbeit. Die 14 Stunden Flug will er dazu nützen. Er fährt in sein Büro.

110

»Ich werde verrückt, was ist denn das hier für ein Haarteil! Auf dem Nachttisch!« Die Frau Kommissar hat zufällig die Perücke entdeckt, die der Kommissar Schneider seit einiger Zeit heimlich trägt. »Das ist doch die Hutgröße von ihm!« Sie hält sie prüfend hoch und dreht sie mit den Fingern. Und tatsächlich, in der Eile der Abreise hat der Kommissar seine Perücke liegen lassen! Nun sitzt er im Transferbus, der die Fluggäste vom Flughafen in die Innenstadt bringt. Das muntere Eiland mit dem vielversprechenden Namen Quarz-Hausen enthält auch einige Geschäfte, wo man leckere Sachen einkaufen kann, aber auch Lebensmittel und Schwimmsachen. Der Kommissar ersteht in einem Fachgeschäft eine komplette Taucherausrüstung. Der große Hund bekommt eine dicke Wurst, weil er eigentlich im Hotel bleiben soll, wenn der Kommissar sich am 32. mit dem Verbrecherkönig trifft.

Doch was tut das Tier? Richtig, er hört nicht! Denn genau in dem Moment, in dem der Kommissar, nachdem er mehrere Wochen noch gewartet hat, bis das Datum erreicht war, das Hotel verläßt, in dem die beiden sich eingenistet haben, tut der Hund so, als ob er schläft. In Wirklichkeit zwinkert er etwas mit den Augen, und mit einem Satz steht er auf, geht an den Kleiderschrank und holt sich einen Spazierstock raus. Den benutzt er zusammen mit einer dunklen Brille, um unerkannt aus dem Hotel zu gelangen. Draußen in den Straßen herrscht Unruhe wegen des Marktes. Bongos erklingen am Straßenrand, und es gibt besonders viel Kamele, die hier in den verschiedenen Parkbuchten stehen. Die Besitzer müssen kleine Geldstücke in eine Art Parkuhr werfen. Der Hund des Kommissars geht seelenruhig da lang und kauft sich, um nicht als Außenstehender zu gelten, einen Umhang aus wunderschöner Seidenmalerei. Währenddessen kämpft auf dem Ozean der Kommissar in seinem Taucheranzug gegen die Wellen. Er krault in hohem Tempo zu der Yacht, auf der bereits Sowieso Sowieso wartet. Ein Schwarm Heringe kommt lustig daher, jedoch von einem großen, hellen Hai verfolgt. Der Kommissar hilft nebenbei den Heringen. Er verjagt den Hai mit einer Fratze, die er auswendig gelernt hat, abgeguckt von Beethoven, den er in seinem letzten Fall traf.

Auf der Yacht gießt sich der Soundso Soundso ausgiebig ein Getränk in ein hohes Glas. Dann stellt er es auf die Bar. Ein Matrose kommt und geht an dem Mann vorbei. Er geht nach hinten in die Yachtkombüse und will dort im Kühlschrank nachsehen, ob er nicht etwas vergessen hat. »Ah, da kommt ja der Herr Kommissar!«, sagt der Mann plötzlich zu sich selbst. Er hat die langgestreckte Figur unter der Wasseroberfläche gesehen. Der Kommissar teilt die Wasseroberfläche. Er hat Schwimmhäute zwischen den Fingern. »Guten Tag, mein Name ist Kommissar Schneider! Ich bin hier richtig?« Mit diesen Worten steigt er unter Hilfe des Verbrechers an Bord. »Und was geschieht jetzt?« Der Kommissar wirkt interessiert, doch hat er einen Hintergedanken. Er will den Typen schon in der ersten Minute, in der er an Bord gekommen ist, kaputthauen. Doch dieser Typ denkt genau dasselbe! Und gleichzeitig heben der Kommissar und der Typ den Arm, mit etwas in der Hand, beim Kommissar ist es ein Gummiknüppel, bei dem Typen ein langes Messer, und sie hauen wild drauflos. Ein paar Wunden hat der Kommissar schon, doch der Kerl ist auch schon mit unzähligen blauen Flecken übersät, von dem fleißig herabsausenden Gummiknüppel des Kommissars! Was für ein Inferno! In diesem Kampf stirbt der Kommissar!

Da reißt jemand das Maul weit auf und frißt den Soundso Soundso mit einem Schmatzen. Es ist der Hund, der Kommissar Schneider, obwohl der Kommissar es ihm verbot, zu Hilfe kommt. Er ist mit Wasserskiern hinter ihm hergelaufen. Nun kann der Verbrecher keine Menschen mehr in den Tod treiben mit seiner Geisteskraft. Doch der Kommissar ist tot. Der Hund ist traurig, er sorgt dafür, daß der Kommissar nach Hause überführt wird. Die Frau sieht das nicht gerne, daß der Kommissar nun tot ist. Sie holt einen Arzt. Der erzählt der Frau, daß man heutzutage auch Tote nachträglich behandeln kann, doch das will ich hier nicht länger ausführen. Ob es dem Arzt gelingt, den Superkommissar zum Leben zu erwecken? Eins steht fest, der Kommissar ist daran gestorben, daß er schon vorher verbraucht war, nicht alleine wegen dem Kampf mit Soundso Soundso. Und jetzt kommt das Unglaubliche: Da schlägt der Kommissar die Augen auf, »was guckt ihr so doof! Was meinen Sie, wen Sie vor sich haben!« Der Arzt sagt geflissentlich zu der Frau: »Scheintot. Er war scheintot. Ich bekomme von Ihnen 800 Mark.« Und nun zum Schluß noch ein paar Bilder aus dem Verbrecher-Album von Kommissar Schneider persönlich:

normaler
Vorbrecher.

(Rüde)

Cord →

Amerikanischer Verbrecher. (nur Mord

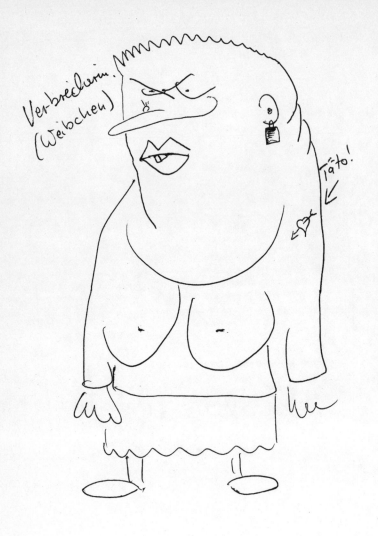

HELGE SCHNEIDER
GUTEN TACH. AUF WIEDERSEHN.
Autobiographie, Teil I

Mit zahlreichen Abbildungen

KiWi 279
Ein Stern geht auf am Himmel der deutschen Unterhaltung.
Der Stern heißt Helge Schneider, und sofort hat er seine
Autobiographie geschrieben. Allerdings nur den 1. Teil. Lesen und Lachen.

KiWi Paperbackreihe bei Kiepenheuer & Witsch

HELGE SCHNEIDER
ZIEH DICH AUS, DU ALTE HIPPE

Kriminalroman

KiWi 355
Originalausgabe

Hier schreibt Helge Schneider seinen ersten Kriminalroman,
er ist teilweise absurd! Weil die Realität anders aussieht, ver-
zichtet der Meister des gesprochenen Wortes auf jegliche
Anlehnung an sie. Jedoch, im ganzen gelesen, erzählen uns
die Zeilen nicht die Wahrheit über einen sehr komplizierten
Fall!
Es ist ein Frauenmörder in der Stadt. Keiner weiß, wer er ist,
doch überall ist er. Oder sollte gar der Bürgermeister ein
Täterkreis sein? Fest steht, daß der Verbrecher seine Opfer
auf schauerliche Art und Weise metzelt. Vorher sagt er:
»Zieh dich aus, du alte Hippe!« Doch Kommissar Schneider
hat ihn schon gesehen, aber er weiß es NICHT! (Auf der Autobahn beim Benzinholen kam er ihm entgegen!) Sein Assistent will ihm ja helfen, doch ist er sogar einmal im Weg! In
einem verlassenen Park ist viel los, in der aufgeweichten Erde
sind Fußabdrücke und Brillenglas. WER IST DER MÖRDER!!

KiWi Paperbackreihe bei Kiepenheuer & Witsch

Rüdiger Hoffmann
Ja hallo erstmal

KiWi 371

Originalausgabe

Das erste Buch des neuen deutschen Kabarett-Stars Rüdiger Hoffmann.

Und das sagen die Medien zu Rüdiger Hoffmann:

»Rüdiger Hoffmann trägt mit stoischer Miene Alltäglichkeiten vor – und brachte es damit zum Kabarettaufsteiger der Saison (. . .)«   *Der Spiegel*

»Hoffmann genügen einige Blicke und Bewegungen. Er spielt keine Klischees, sondern Menschen.«

Tagesspiegel, Berlin

KiWi Paperbackreihe bei Kiepenheuer & Witsch

Front Frauen
28 Kabarettistinnen legen los

Herausgegeben von Marianne Rogler
Mit einem Nachwort von Maren Kroymann und
Fotografien von Melanie Grande

KiWi 393
Originalausgabe

Wenn Kabarettistinnen loslegen, dann gibt es kein Pardon!
In diesem kunterbunten Lesebuch werden Sie die verschie-
densten Künstlerinnen kennenlernen, und zwar von ihrer
besten Seite!

»Das Leben ist hart, aber ich bin Hertha!«
Hertha Schwätzig alias Astrid Irmer

KiWi Paperbackreihe bei Kiepenheuer & Witsch

Richard Rogler
Freiheit Aushalten!

Mit zahlreichen Abbildungen
KiWi 173
Originalausgabe

Wenn Sie definitiv wissen wollen, was aus der sogenannten 68er Generation auf ihren »Marsch durch die Institutionen« geworden ist, dann wird es Ihnen hier in einer Parade präsentiert, bei der Ihnen vor Lachen die Tränen laufen werden.

KiWi Paperbackreihe bei Kiepenheuer & Witsch

RICHARD ROGLER
FINISH
Ein Monolog

KiWi 286

Ein umwerfend komischer Monolog über ein verrückt
gewordenes Land, von einem, der auf die 50 zugeht und es
immer noch nicht geschafft hat – die Fortsetzung des großen
Erfolgs von Freiheit Aushalten!

KiWi Paperbackreihe bei Kiepenheuer & Witsch

JÜRGEN BECKER UND
MARTIN STANKOWSKI
BIOTOP FÜR BEKLOPPTE
Ein Lesebuch für Immi's und Heimathirsche

KiWi 369
Mit Illustrationen von papan und Fotos von Manfred Linke
Neue Ausgabe

Das Buch zum erfolgreichen Kabarettprogramm!

Jürgen Becker, Kabarettist und Karnevalist, und Martin Stankowski, Stadtführer und Autor, haben die Geschichte(n) um Knochen, Klüngel und Klerus in die gemeinsame Kappe geworfen. Heraus kommt ein Lesebuch über Köln und die Welt, eine außergewöhnliche Geschichtstour durch ein liebenswertes Biotop für Bekloppte.

KiWi Paperbackreihe bei Kiepenheuer & Witsch

HARALD SCHMIDT
TRÄNEN IM AQUARIUM
Ein Kurzausflug ans Ende des Verstandes

KiWi 318
Originalausgabe

Das erste Buch des TV-Unterhalters Harald Schmidt – ein
Lesespaß für die ganze Familie.

»Daß wir überhaupt ein Gehirn haben, merken wir doch
häufig erst, wenn uns z. B. am Hinterkopf eine Bocciakugel
streift.«

KiWi Paperbackreihe bei Kiepenheuer & Witsch

HEINRICH PACHL
NICHT ZU FASSEN
Unser globales Dorf soll schöner werden
Vorschläge – Einschläge – Rückschläge

KiWi 337
Originalausgabe

Ein verrückter Monolog des Kölner Kabarettisten Heinrich
Pachl, mit dem er 1994 auf den Bühnen überall in Deutschland auftreten wird und seine ganz speziellen Antworten auf
die Themen unserer Zeit gibt.

KiWi Paperbackreihe bei Kiepenheuer & Witsch